星海社
FICTIONS

PUFF　パイは異世界を救う

羊山十一郎

Illustration／mogg

星海社

金曜の午後九時なんて、俺にとってもこの街にとっても、まだ朝みたいな時間だ。だからラジオ体操でもするみたいに爽《さわ》やかな気分で俺は、赤ら顔のスーツ姿を見つけては明るく声をかけていた。

「お兄さん、二次会におっぱいどう？　二次ぱい。楽しいよ」

俺はセクキャバの客引きだ。キャッチともいう。キャッチャー・イン・ザ・パイ。にこにこ笑顔で男たちを誘う。

俺なんかの笑顔には一円の価値もないが、道行《みちゆ》く男たちは俺の口から滑り出てくる言葉に欲望を刺激されて、決して安くはない金を払って店へとやってくる。

客は四十分の間、店の女とキスしたり胸を触ったり、悩みを打ち明けてもいい。でも、それ以上は絶対にできない。たとえ女たちのはちきれそうな体に我慢しきれなくなっても、男がどんなに金を払っても無理。一応、ＶＩＰルームが用意されていて、昔は追加料金を支払えばそこで色々できたようだが、今は時代が変わった。女が許すのは唇と胸。つまりは上半身だけ。客がズボンを脱ぐことも許されていない。

要するに、男も女もお互いの下半身にはノータッチってのがルールなのだ。それを破った不届き者には、もれなく怖いお兄さんをプレゼント。それがセクキャバだ。

「おや、社長。どうです、そろそろおっぱい。おっぱい会議の時間じゃないですか？」

自分でも馬鹿みたいだなって思う。知能指数が限りなく低い誘い文句。でもキャバクラとか風俗の客引きなんて、どれも似たようなものだ。

それに実際、俺の腕はいい。どれだけ客を呼び込めたかの歩合《ぶあい》制で、店で俺より給料がいいやつなんて、店長とナンバーワンのユカさんくらいしかいない。他の女たちは、酔っぱらいに自分の乳を触らせ、揉《も》ませ、吸わせて、俺より低い賃金で働いている風俗嬢。

それがセクキャバ【学園祭】で働く女たちの哀《あわ》れなところだ。

「やー、龍《りゅう》さん。今日も景気いいっすね」

いつものように翔《しょう》が人懐っこい笑顔で話しかけてくる。

翔はホストだ。へらへら笑いながら女を引っかける。顔だって悪くない。

「龍さん、聞いてくださいよー。俺、この前、橋本《はしもと》ってヤーさんの女とヤっちゃって、危うく小指失うところだったんすよ」

「おいおい……その橋本にバレたんだろ？　どうやって切り抜けたんだよ」

「いやー、フツーに慰謝料っす。『誠意見せろやゴラア』って言われたから、五十万払いました。一発五十万！　信じらんねーっすよ、マジで！」

キャバでもホストでも、ヤクザと関わらずに仕事することは不可能だ。ヤクザに逆らったらどれだけ酷《ひど》い目にあわされるか、ガキの頃から散々思い知らされている。

だから翔の話も全く笑えない。金で済んでよかったと心から思う。

「気をつけろよ。親分たちに睨《にら》まれたら、この街で食っていけなくなるんだからさ」

「でも、龍さんだってよく殴《なぐ》られてるじゃないっすか」

「もちろん、ある程度は仕方ない。でも、おまえのはやりすぎだって言ってるの」

翔はケラケラ笑っている。俺の言ってることわかってるのかな、と少し不安になる。

俺と翔はそれなりに長いつきあいだ。最初に話しかけてきたのは翔のほうだった。キャバ嬢ってのはホストにハマるやつが多いから、その営業の一環である。

うちの店にも、翔の客は何人かいる。翔は俺との世間話の中で店内の事情を読み取り、それをトークで活《い》かした。

店の女たちからすれば、自分が話していないことまで翔が知っているので、魔法みたいに感じられる。占い師と同じだ。情報を一方的に入手すれば相手の優位に立てる技術。翔はそれに長《た》けていた。

キモいやつが同じことをしたらストーカーだと疑われる。でも翔みたいに顔のいいやつがやれば運命の王子様に早変わりだ。それを知っていて俺は店の女に忠告しない。

だって翔がやってるのはいいことだ。女たちを癒《い》やしてやっている。同じ金をむしり取るにしても、ヤクザみたいに暴力で行わず、甘い言葉と美しい顔で行っている。

それはとてもいいことだと俺は思うのだ。電車に乗るのだって鈍行《どんこう》よりも高い金を払えば新幹線に乗れる。人工臓器だって金で買える。時間だって肉体だって金で買えるのに、愛だけは自分の力で手に入れなければならないなんて考え、ナンセンスだ。

「あ、ユカさんじゃん」

翔が手を振る先にいるのは我らがナンバーワンおっぱいプリンセスであらせられるユカさんだった。俺は腰を直角に曲げて挨拶《あいさつ》する。

「おはようございます、ユカさん。今日もいいおっぱいっすね」

たとえ夜でも、キャストの出社時にはおはようだ。ユカさんはにこにこと笑顔で俺に近づいてきて、腕を組んだ。ただでさえ豊満《ほうまん》なバストがさらに強調される。

「ねえ、龍太郎《りゅうたろう》くん、聞いてよ。昨日、連続でおじいちゃんに当たっちゃってさー。七十過ぎくらいのおじいちゃんがしわしわの顔で必死に私の乳首吸うの。こっちまでしわしわになっちゃうっての。だから今日はエステ行ってきたんだー」

「エステって、色々なところ揉まれて気持ちよくなるやつっすよね。ユカさん、仕事で揉まれて、オフでも揉まれるんですか？　揉ませすぎじゃないすか？」

「そう言われると普段はお金もらってるのに、こっちがお金払って揉まれるのはもったいないって気がするね。じゃあ今度、龍太郎くんが揉んでよ。それならお金かからないし」

「んー、でもそれだと俺がユカさん揉むのに金払わなきゃじゃないっすか。なんかおかしくないっすか、それ？」

「店じゃないとこで揉めばいいじゃん……たとえば、私の部屋とか」

明らかな誘い文句。翔が口笛を吹いている。

俺は苦笑しながら、「まあ考えときますよ」とだけ口にした。

じゃあ今度ね、と機嫌《きげん》よさそうに手を振りながらユカさんは店に入っていく。

「さすが龍さん。ホストに鞍替《くらが》えしたほうがいいんじゃないすか？」

翔はそんなことを言うが、冗談じゃない。風俗やキャバクラのスタッフってのは、とにかく勤めている店の嬢にモテるものなのだ。

夜の世界に落ちる女なんて、金か事情か頭か、とにかくなにか欠点を抱えている。不安になっている。だから誰かに寄りかかろうとする。客なんて論外だ。嬢は客を軽蔑《けいべつ》しまくっている。例外は金払いのいいＶＩＰだが、そんなやつはほんの一握りだけだ。

だから嬢はホストにハマったり、店員に恋したりする。

確かに俺はユカさんのおっぱいを揉んで吸って、ひたすら彼女とキスしまくったこともある。だがそれは金を払ったうえでのことだ。ちゃんと店のレジに五千円ぶちこみ、店のシートに座って、ジャカジャカ流れる音楽をバックに揉んだおっぱいだった。

俺はユカさんのおっぱいが好きだ。ユカさんは自分の武器を知り尽くしているのが最高だ。ぽよんぽよんの水風船で男を操るすべを完璧に理解している。

ユカさんはまだ二十歳になったばかりで、俺より五つも歳下だが、さんづけして呼ぶことになんの抵抗も感じない。基本的にスタッフは嬢にタメ口《ぐち》厳禁だが、それがなくとも俺はユカさんに敬語を使っただろう。

いいおっぱいには敬意を惜《お》しむな。俺の人生哲学その一だ。

「まあ、龍さんのその姿勢には感心しますが、それはそれとして相手が誘ってるんだからヤっちゃってもいいんじゃないですか？」

「よくない。金を払わないで揉めると思えば、人はおっぱいへの敬意を忘れる。代償もなくおっぱいを揉んで当然と誤解してしまう。俺はそれが嫌なんだ」

ギャグではなく、紛《まぎ》れもない俺の本心だ。だが、こんなことを言うとほとんどの人に笑われてしまう。しかし、翔は数少ない例外だった。

「そっすね。ちょっとモテると、女を道具か奴隷《どれい》かってくらいに見下すやつら多すぎですもんね。そいつらに比べれば、龍さんは百倍マシですよ。俺も見習わねえとな」

翔は女たちへの敬意を失っていない。うっかりヤクザの女と寝てしまうことはあっても、虫けらのように女を見下すことはしない。大事なことを失っていないから、俺と翔はお互いに敬意を持ってつきあっていられる。でも互いを認めあっているだけに、俺は翔に褒《ほ》められると少しくすぐったくなる。

「いや、翔。考えてもみろ、本番までいかないからこそのセクキャバ屋だろうが」

「お、こいつは一本……いや、ビーチク取られましたね！」

俺が適当なギャグでお茶を濁《にご》すと、翔は子供のように笑う。

だが、その笑顔が急に凍りついた。

「龍さん、ヤバい。なんかヤバいのいるよ」

翔の視線の先には薬局があった。薬局から国道に向かうと牛丼屋とラーメン屋とハンバーガー屋が並んでいる。そして反対に薬局から繁華街《はんかがい》の奥へ向かうと、風俗店が立ち並ぶようになるのだった。いったいあの薬局は胃薬とコンドームのどちらが主な売上なのだろうかと翔と予想をぶつけあったことがある。

その街の表と裏の境にある薬局の前で、キレた男が怒鳴《どな》り散らしていた。

「なんで俺を愛してくれないんだ。あんなに店に通ったのに。あんなに貢《みつ》いだのに。どうして他の男と寝たりするんだよ」

男は口から飛び出た涎《よだれ》を拭《ぬぐ》いもしないで、メイドに詰め寄っている。メイドはなにかの看板を持っていて、それがメイドカフェなのかイメクラなのか俺には判別がつかない。

「見たぞ。おまえらがホテルに入っていくところを見たんだ。店が終わる朝五時に俺はおまえを追っていた。守ってやるつもりだったんだ！　朝は痴漢《ちかん》が多いから……それなのに畜生《ちくしょう》！　男と待ちあわせてすぐにホテルに入りやがって！　畜生！」

男は勝手なことを喚《わめ》き散らして、メイドに向かって手を振り上げた。その手に棒状のなにかが握られている。それはナイフや警棒とは違うようだった。

強いて言うなら、文鎮《ぶんちん》。小学生の頃、書道の時間に使ったやつ。あんな感じの短い鉄の棒みたいなものを振り上げてメイドを殴ったのだ。

殴った。おいおい待てよ。殴りやがった。あいつ。メイドを殴りやがった。くそっ。

「龍さん、ケツ持ちがすぐ来る。あいつヤバい。関わらないほうがいいよ……龍さん！」

翔が俺を止めようとするが、そんなことにかまっていられない。確かにすぐにケツ持ちのヤクザが来るだろう。だが、それまで何分かかる？　その間にあのメイドは殴られ続けるんだ。あのくそ野郎に。あのくそ文鎮で。当たりどころが悪ければ死んでしまう。

だから俺は猛然《もうぜん》とダッシュし、その勢いのまま男の背中に飛び蹴りを食らわせてやる。

「うらあ！」

吹っ飛ぶ男。吹っ飛ぶ俺。飛び蹴りなんて生まれて初めてだ。

自慢じゃないが俺は喧嘩《けんか》が弱い。そもそも喧嘩なんてする必要がない。俺は口がうまいんだから、喧嘩に持ち込まないように立ち回るのが俺の勝利条件だって知っている。逆に言えば、喧嘩をするような状況に追い込まれたら負けなのだ。

それを知っているのに、俺は自分からこのイカれた男に喧嘩をふっかけた。メイドがこれ以上殴られるのを見ていられなかったのだ。

まあ、それでも最初は悪くない勝負だと考えていた。男はメイドを殴るのに夢中で、俺の接近に気づいていなかったし、実際俺は男に最初の一発を最高の形で食らわせてやった。あとはケツ持ちが来るまでこいつを押さえていれば俺の勝ちだったはずだ。

本当は馬乗りになった後も反撃されないようひたすら殴り続けるとか、最初にそこらの看板でも拾ってこいつの後頭部を殴りつけて気絶させるとかすればよかったのだ。

「もうやめろ！　おまえが惚《ほ》れた女だろ！　殴っちゃだめだ！　好きな女なら――」

なのに俺は、こんなやつに対して説得を試みるなんて、あまりに能天気なことをしてしまった。結果、俺は失敗した。

「……■■■、■■■■っ」

男は呪い殺すような眼で俺を見る。そして、俺に向かってごにょごにょ聞き取れない言葉を吐きながらなにかを突き出した。文鎮のようななにか。

右目に真っ直《す》ぐ迫ってくるそれを観察すると、意外と複雑な装飾が施《ほどこ》されていることに気づく。何人もの小さな人間の体が折り重なって、一本の柱となっている。そして、その超高難易度な組体操をしている人間たちは一様に苦悶《くもん》の表情を浮かべているのだった。

どうして一瞬でこんなはっきりと細部まで見てとれたかというと、俺の視界はしっかりスローモーションになっているからだった。

……あーあ。これが走馬灯ってやつなのかね。

柱のてっぺんにいるムンクの叫びみたいな女に尋ねてみようとするが、俺の自慢の口からはどんな言葉も出てこなかった。
結局、それがこの世界で見た最期の景色になった。

PUFF
BOOBS SAVE ANOTHER WORLD
INDEX

TERS
吉見 龍太郎
主人公。歌舞伎町で
セクキャバのキャッチをしていたが、
異世界に飛ばされる。
ルーシア
「緑祭《りょくさい》の騎士団」
守備隊長にして、「巫女」としても
期待される美しい少女。

フローラ
高級娼館「蒼墓楼《そうぼろう》」の
人気嬢。シグルドの寵愛を受ける。
ミミ
場末の食堂「猫の爪痕亭」を
切り盛りする一人娘。

ACTERS

「ぱふぱふ屋マジック・ドラゴン」で働く「ぱふぱふ嬢」たち。

CHA
タウリン
一匹狼の冒険者。
ホノピー
奴隷として売られていた
エルフの少女。
シグルド
裏社会を牛耳る
「飽会《ほうかい》」のトップ。

第1章 ◈ 異世界にて

草の味がする。それと土の匂い。

眼を開けると、そこは一面の草っぱらだった。

「……いや、どこだよ」

田舎にでも捨てられたのだろうか？　いや、それにしたって山奥ならまだしも、こんな場所に捨てるか？　確かに死体を隠せそうな森は俺の背後にあるが、前方には見通しのいい草原が広がっている。森の入り口って感じの場所だ。なんか道祖神《どうそじん》をでっかくしたような柱もあるし、案外、観光名所的なところなのかも。

きょろきょろと辺りを見回し、ふとさっきまで道祖神だと思っていたものに目を向けると、そこにあったのは人間の顔だった。無数の人々が怨嗟《えんさ》の声を上げる直前のような表情で、俺を見つめている。

「うおっ」

人々がぎゅうぎゅうと体を密着させて、一本の柱となっているのだ。それを見て、俺はあの文鎮を思い出す。本当にそっくりだ。違うのは色と大きさ。あの文鎮はモノクロで人間に色なんかついていなかったが、こちらの柱はきちんと彩色されている。さらに等身大の人間を集めて作った柱だから、高さが二階建の家くらいある。

あの文鎮よりも何百倍もリアルで不気味でおっかない。

ここがどこかはわからないが、この不気味な人の柱——あ、人柱《ひとばしら》って言葉あるよな？

これがマジで人柱ってやつなのか？　いや、至極《しごく》どうでもいい。とにかく柱から離れたい。

そんな風に考えなしに歩き始めた俺はまたしても不幸に出くわす。

牛だった。茶色の牛。だが、尻尾がおかしい。

牛の尻尾がどんな風だったかなんて正確には覚えてはいないが、あんな風に先端がぶどうみたいになってはいないはずだ。ましてやそのぶどうの一粒一粒が人間の目玉だったりすることは、決してない。

そのぶどうの目玉が一斉に動き、ぎょろっと俺を見つめてきた。

「うわああっ！」

俺は世にも情けない声を上げて、すっころぶ。恥も外聞《がいぶん》もなく言ってしまえば、ちょっと泣いていた。そんな俺に情けをかけることもなく、牛は尻尾についている目玉で俺を観察しながら近づいてくる。

ぎょろりと一斉に動く無数の目。理性の限界を試されているようだった。

「やめろ、こっちに来るな！」

俺はつい、恐怖に負けて近くにあった石を牛へと投げつけてしまった。

そんなことをすれば牛が怒るのは当たり前。俺は喧嘩が得意じゃないのに、自分から売ってしまった。

もう嫌だった。でも本当に俺は限界だったんだ。

もう嫌だった。牛が突っ込んでくる。本当に怖い。頼むから放っておいてほしい。もう嫌だ。あの目玉がそれぞれ別の場所を見ているのがとにかく嫌だ。理由なんてない。すごく怖いんだ。消えてほしい。誰か助けてほしい。

頭を抱えて足を止めて、俺はすっかり気力を失っていた。あとは牛の裁《さば》きを待つばかり。

……しかし、牛に踏みつけられたり、噛《か》みつかれたり、そんな想像していた悲劇はいつまで待ってもやってこなかった。

代わりに透き通るような女の声が降ってくる。

「そこの人、もう安心ですよ。牛目玉は退治しましたから」

俺はびくりと背中を震わせてその声に反応してしまうが、顔を上げることはできない。

「もしかして怪我《けが》をしたのですか？　手当しますので、見せてください」

その声に俺が今まで反応できなかったのは、世にも恐ろしい想像が頭から離れなかったせいだ。俺が顔を上げると、そこにはあの牛がいて、美しい女の声色で俺に呼びかけているのだ。尻尾に大量の目玉がついている牛なんて見たことがない。だから、人間の言葉を喋《しゃべ》ったとしても、それを馬鹿げた妄想と笑い飛ばすことができない。

だが、恐怖よりも誘惑が勝る。俺はおっかなびっくり顔を上げる。

金色の髪の女が、俺を見下ろしていた。

彼女は背中まで届く長髪を束《たば》ねもせずに風に遊ばせている。

「？　怪我はないのですか？　——いえ、それならばいいのです。安心しました」

金髪の女は安堵《あんど》の息を吐きながら、にこやかに笑いかける。

俺はなにも答えられない。自分の理性が信じられなくなっている。だって、さっきの牛の化け物よりも、この女のほうがよっぽどこの世のものとは思えないのだ。

口を開けっぱなしにしたまま、俺はもうすっかりその女から目が離せなくなっている。

◈×◈

本当に幸運なことに、彼女は幻覚でも妄想でもなんでもなかった。

彼女は、一見してコスプレだとわかる服を着ている。全体的に白を基調としているが、黒と黄色で縁取《ふちど》りされた幾何学《きかがく》模様で装飾されている服だ。

不思議なのは、長い年月を経て色落ちしたような形跡が各所に見てとれることだった。それも着古した感じではなく、大事に着ているものの膨大な年月に押しつぶされて、どうしようもなくほつれや色落ちが出てきてしまっているような——たとえば、一年に一度の儀式の際に着るだけで、あとは大事にしまっておくような服が、百年以上代々に渡って着

回されていればこんな感じになるといった風に見える。

馬鹿げた考えだ。彼女の容姿や仕草、そしてその服がどこか神聖な雰囲気だから、俺はつかの間、あり得ない妄想にとらわれた。

そんな俺を現実に呼び戻したのは、皮肉にも血の匂いだった。風の強さによって不意に匂ってくるべったりした血の匂いが、どうしようもなく現実をつきつけてくる。

「……私の言葉がわかりますか?」

いつまでも反応しない俺に対して、彼女は心配そうに顔を覗《のぞ》き込んでくる。

「——あ、はい。わかります。言葉」

言葉。そう言葉が通じている。そのことに俺は驚いていた。

彼女は実に流暢《りゅうちょう》な日本語で語りかけてくる。

「ずいぶんと潤沢《じゅんたく》に言霊《ことだま》を使役《しえき》するのですね」

「言霊?」

俺は馬鹿みたいに聞き返した。いや、言葉の意味は知っているが、日常生活ではまず使わない言葉だ。言霊。口に出して発音したのは生まれて初めてかもしれない。

だが、彼女はそんな俺の戸惑《とまど》いこそが不思議なようだった。

「言霊は、その人の意思を他者へと運ぶ精霊の一種です。あなたに憑《つ》いている言霊は、特別数が多いようですが——不思議です。それほどの言霊たちを従えているというのに、あなたの世界には言霊はいなかったのですか？」

「え、世界？」

「あなたは、別の世界から来た人でしょう？」

なんだそれ？　俺は見ている景色が現実かどうかを疑っていたが、それはつまり自分の頭がおかしくなったのではないかと疑っていただけだ。別の世界に来たとか、そんなことを考えたことはなかった。

「そこに、恐ろしい造形の柱があります。誰がいつ作ったのかもわかりません。私たちはあの柱を嘆《なげ》きの柱と呼んでいます」

苦痛に満ちた人間たちの不気味な柱。なるほど、確かに的を射たネーミングだ。

「この柱の近くで目を覚ます人がまれにいます。見たことのない服を着ていて、こちらの常識もほとんど知りません。そして、自分は別の世界から来たと主張するのです」

「……つまり、俺みたいなやつが他にもいるってことですか？」

「それほど珍しい話でもありません。だいたい数年ごとに異世界人はやってきます。そのうちの何人かは新しい知識や珍しい道具を私たちに与えてくれますが、ほとんどの人は元の世界に帰りたいと主張し、こちらの世界に決して溶け込もうとしません。そんな人たちは、泣いて、泣いて、最後にあの嘆きの柱に戻るのです。なぜならその人たちの考えでは、嘆きの柱が二つの世界を繋《つな》ぐ門の役割を果たしているからです。でも、そんな人は必ず柱に取り込まれて人生を終えてしまいます。異世界から来た人が悲しみに心を染めながらあの柱に触れると、柱の一部にされてしまうのです」

「ふうん。なるほどね。嘆きの柱か。覚えておきますよ」

「……一つ聞いておきますが、柱に触れるつもりではないでしょうね？」

「いやー、こんな不気味なのは、できれば見るのも遠慮したいくらいですね」

俺が答えると、少女は嬉しそうに笑う。

「よかった。あなたが柱の一部になってしまっては、私も悲しいですから」

彼女はいつまでも地べたに尻もちをついている俺に手を差し伸べる。

「私は【新緑《しんりょく》の風に乗って勝利を運ぶ者】ルーシア・キューベルです」

そんな風に名乗るのだった。

俺は少しだけ表情を変えてしまったが、とっさに腰が痛んだようにごまかした。

「……えっと、いい名前ですね」

「ありがとうございます。枕名《まくらな》は少し面映《おもは》ゆいですが、全体的には私も気に入っています。どうか、あなたもルーシアと」

よかった。新緑の風なんたらと呼んでくださいと言われたらどうしようかと思った。

だが、たとえ仰々《ぎょうぎょう》しい二つ名（……枕名っていうのか？　なんかエッチな響きだ）がついていたとしても俺の恩人に変わりはない。無礼な態度はとれない。

「俺は吉見《よしみ》龍太郎です。助けてくれてありがとうございました」

彼女の手を取り、立ち上がる。

「……思ったよりも落ち着いていますね。異世界からの訪問者は、半日ほど取り乱して手がつけられなくなると聞いていたのですが……心穏やかなことはよいことです」

「あー、それはどうも。ところで、ルーシアさん、ここはどこですか？」

「ここはブレスコットの町の東にある平原ですね」

ルーシアの返答に俺は苦笑した。

恩人に対して失礼に当たらないように、俺は注意深く質問を重ねる。

「えーっと、そういうことではなくてですね……ルーシアさんのものすごく丁寧なこだわりは理解しているつもりなのですが、ちょっとだけ信念を曲げて質問に答えていただけると幸いです。つまり、その――ここは、日本のどこなのでしょうか？」

俺の言葉を聞いてルーシアは一瞬びっくりしたような表情を見せた後、眉根《まゆね》を寄せ、不機嫌そうな顔になる。

「龍太郎。つまり、あなたは全く私の話を信じていないのですね」

「え？　いや、信じてます。嘆きの柱に言霊ですよね。びっくりしました。それはそうなのですが、俺にも仕事があって――早く新宿に帰らなきゃなんですよ」

はあ、とため息をついてから、ルーシアはぴんと人差し指を空に向けた。

「……これは言霊を集めているのです。私の場合、溜《た》めに時間がかかってしまうので、実戦ではまず使えません……もしも、あなたが言霊の扱いに習熟すれば、恐ろしい使い手になるかもしれませんね。なにせ普段からそれだけの言霊を従えているのですから」

「はあ……そうですか。それで、ここから一番近い町ってどっちの方角ですかね？　せめてそれだけ教えていただければ、後は自分でなんとかしてみますので……」

「だから――」

ルーシアは笑顔を浮かべている。

つくづく美人ってのは得だ。非の打ち所のない笑顔を浮かべながら、相手に「私は怒っていますよ」とアピールできるのは、美しく生まれついた女性特有のスキルだと思う。

「――ブレスコットだと言っているでしょう」

ルーシアが人差し指を俺の額に当てる。

次の瞬間、俺は「うわあああああ！」とみっともない叫び声を上げていた。

◈◈×◈◈

――と、そんなわけで今度こそ俺は自分が異世界にいることを理解した。

「いいですか龍太郎。人の話はきちんと聞くものです。ましてや――あまり恩に着せるつもりはありませんが、私はあなたの恩人なのですよ？」

ぷんぷんという擬音が聞こえてきそうな感じで、ルーシアは俺に説教をしている。

俺は身を小さくしながら彼女の言葉に深く頷《うなず》いた。

「わかりました。もう二度とルーシアさんの言うことを疑いません」

「いえ、そこまでは望みませんが――」

だが、実際に俺は二度とルーシアに逆らうまいと骨身《ほねみ》にしみた。

先ほど、ルーシアの人差し指が俺の額に触れた瞬間、膨大な情報の塊《かたまり》が頭の中に流れ込んできたのだ。それは言葉の奔流《ほんりゅう》だった。

「いいから私のことを信じなさい！」「言うことを聞かないと少し痛い目にあってもらいますよ」「……また怖がられてしまうのでしょうか？」「ですが、きちんとこの世界のことを理解してもらわなければ」「この弱々しさで龍の名を冠《かん》する男性を初めて見ました」「はあ、今回も男の人に怖がられるのですか」「これではまた母上に婚期のことを言われてしまいますね」「憂鬱《ゆううつ》な気分になってきました」「剣を振れば気も晴れるのですが」「いっそもう一度魔物でも襲ってこないでしょうか？」「いや、そうするとまた龍太郎に怖がられてしまいます」「すると母上に婚期のことを――」「憂鬱な気分になってきました」

そんな風に、ルーシアの言葉が延々と頭の中で鳴り響いたのだ。

一瞬のうちに、俺はそれらの言葉を理解していた。

こんなこと魔法でもなければ説明つかない。

頭の中に言霊を直接注ぎ込まれるのは、なんていうか、バケツいっぱいのアイスを無理矢理喉《のど》の奥に押し込まれているような感じだった。これで驚かないほうが無理がある。

せめてもの救いはそのアイスがとんでもなく美味だったことだ。驚きはしたが耳よりも脳に近い部分でルーシアの透き通った声が聞けたのは、正直、悪い気分じゃなかった。

ともかく、これでようやく俺は現状を把握した。ついでに、俺が納得しないとルーシアが内心でへこみまくることも理解させられてしまった。

女性を傷つけるのは俺の本意ではない。

「あー、しかし異世界か。ちなみに今まで元の世界に帰った人間っているんですかね？」

「……龍太郎。希望を捨てなければ、あなたの前に道はいつもあるのですよ？」

ルーシアは嘘がつけないタイプだと思う。つまり、元の世界に戻った人間はいない、あるいは彼女はその存在を知らないのだ。正直、かなり不安だ。

「龍太郎。少し、この世界について勉強しましょうか？」

ありがたいことに、歩きながらルーシアがそんなことを言う。

「私が一方的に喋っても頭に入りづらいかもしれませんね。ですので、龍太郎と私の世界の違いを話しあいながら、お互いに理解を深めあうというのはどうでしょう？」

「ああ、いいですね。お願いします」

「ではまず私から。私たちが今いる国はラケルニア王国です」

「……俺の出身は日本です」

「ここから一番近い町はブレスコット。名産品は森亀肉《もりがめ》の串焼きですね」

「俺がいたのは東京の歌舞伎町《かぶきちょう》です。名産品は……」

暴力、とまず思い浮かんだが、とっさに俺は「ひよこです」と言い直す。さすがに名産品が暴力の世界から来た男が牛目玉におびえていたのはまずい。

その後は、中学くらいの英語の教科書みたいなやりとりが続いた。

「この国には、『王族』『僧侶《そうりょ》』『貴族』『自由民』『奴隷』の五身分があります」

「俺の世界は『金持ち』と『貧乏人』の二つだけでしたね」

「私は騎士です。龍太郎は戦士ですか？」

「いや、全く。その辺の子供とも喧嘩したら負けると思いますよ、普通に」

「平和な世界だったのですね」

「さあ、どうかな？　……こっちの世界は戦争が多いのですか？」

「戦《いくさ》は絶えずどこかで起こっています。ですが、この国はちょうど去年、隣国のユリスリィと和平を結びました。十年の長き戦乱が幕を下ろし、みな、ようやく平和に慣れてきたところでしょう」

「それはいいことだ」

俺が笑うと、ルーシアも微笑《ほほえ》む。

「この世界の主神《しゅしん》はプインターム様です。龍太郎の神の御名《みな》を教えてください」

「そもそも俺の世界に神なんかいたのかな？」

俺の言葉に金髪の少女は憐《あわ》れむように目を細める。

「龍太郎。私は事情を知っていますからいいですが、他の人の前で決して神の不在などということを口にしないように。いと高き神々は我々の前に姿を現すことこそ稀《まれ》ですが、彼ら彼女らは非常に気まぐれでもあります」

ルーシアはぴんと人差し指を立て、威厳《いげん》たっぷりに神の偉業について語り始めた。

「先日、私がお気に入りの焼菓子を食べようとした時のことです。私が手を洗いに行き、そして戻ってくると、なんとそれが半分近く食べられているではないですか。あれはおそらく、甘いものが好物のデガーン様の仕業《しわざ》だったのでしょう」

「神、けっこう気安いですね」

「ちなみに最初は侍女《じじょ》のメリーベルを疑いました。その時、近くにいたのは彼女だけでしたから。ですが、『デガーン様がやったに違いありません。ほら、見てください』と彼女が指差した先には、たしかにデガーン様の石像がありました。そしてなんと、その口の端《はし》に砂糖の粒がついているではありませんか。これでは仕方ありません。神の供物《くもつ》にささげられたなら、たとえ【天使の羽漏《はも》れ日】の焼菓子でも諦めがつくというものです」

「うん、それ、間違いなく犯人はメリーベルだな」

俺がきっぱりと言うと、金髪の少女は「そうですね」とうなずいた。

「わかっています。ですが、たかが焼菓子のつまみ食いで、神に罪をなすりつけるメリーベルに、なんと言葉をかければいいのでしょう？　素直に食べたいと言ってくれれば、私も彼女と分けあったはずです。それをわざわざ、自分のしたことをごまかすために、デガーン様の像に砂糖を塗ったのだと思うと――」

その光景を想像しているのか、金髪の少女はくすくすと笑っている。

この世界での神の扱いがどんなものかいまいちわからないが、彼女の様子があまりにも楽しそうなので、俺もつられて笑ってしまう。

「神の不在を語るのは罪で、つまみ食いの罪を押しつけるのはセーフなんですか？　ちょっと安心しました。それほど堅苦《かたくる》しくない世界に来られたみたいで」

本当は堅苦しくないのはこの世界ではなく、ルーシアのほうだ。俺の不安を紛らわせるために、わざわざ彼女はこんな話をしてくれたのだ。

それからしばらく歩くと、ようやく町にたどり着いた。

三角にとんがった兜《かぶと》をつけた兵士がルーシアに気づき、声を張り上げて挨拶する。それ以外にも道を行き交う人々もルーシアを見るなり「おかえりなさい、巫女《みこ》様」と声をかけてくる。馬車に乗っていた見るからに金持ちな男など、転がり落ちるように馬車から降りて彼女の前にひざまずくほどである。

「さすがは【新緑の風に乗って勝利を運ぶ者】ルーシア様。これほどの早さで三つの試練に打ち勝つとは。ラケルニアの長き歴史を繙《ひもと》いても比類なき快挙にございましょう」

ルーシアはそれらの人々には苦笑を返すだけで、なにも語らなかった。

「……なあ、ルーシアさん。さっきから、巫女さんって呼ばれてるのはなに？」

「龍太郎、思い出の品や、どうしても手放したくないものはありますか？」

俺からの質問には答えず、唐突《とうとつ》にルーシアはそんなことを言う。俺は正直に答える。

「携帯は持っていても使えないだろうし、金も同じで――特に惜しいものはないですね。

ルーシアさんが欲しいのならば、なんでも差し上げます」

「いえ、私への礼は不要ですが、あなたの持ち物はすべて教会に預けることを勧めます。滞在査証をもらえますので」

ルーシアが説明するところによると、この世界での滞在査証――つまりビザみたいなものはとても重要らしい。これを持っていないと誰かの奴隷にされる危険があるのだ。

なにをするかわからない異邦人《いほうじん》を野放しにするよりも他の領民の安全が守られるため、不法入国者の奴隷化を領主が推奨しているほどだという。奴隷の主人はそれを管理する義務を負う代わりに、奴隷を自由にできる。どえれいことである。

俺のような異邦人は、持ち物を売るか知識を売るかすると、その価値に応じた期間だけの滞在許可がもらえるとのことだ。それが滞在査証。税金を払う必要はあるが、これさえ持っていれば奴隷にされることもない。

「龍太郎は鞭《むち》で打たれたり、手枷《てかせ》と足枷をはめられて生活するのは好きですか？」

「どちらかと言えば嫌いですね。教会に連れていってください」

俺が言うと、ルーシアは「よくできました」とでもいうように、慈愛に満ちた微笑みを浮かべるのだった。

「元の世界の名残《なごり》を手放すのは、きっと辛《つら》いことでしょう。ですがよくぞ決断しましたね、龍太郎。あなたは、おそらく五年の滞在査証がもらえることになりますよ」

教会は、俺が想像していたものより、豪華な作りをしていた。

複雑な幾何学模様のようなシンボルが随所にちりばめられており、どこかで見た記憶があると考えていたら、答えは目の前にあった。

ルーシアが今まさに着ている服に同じ紋様《もんよう》が刺繍《ししゅう》されているのだ。

「なあ、ルーシアさん、やっぱりあんたは――」

「ルーシア！」

俺の言葉を遮《さえぎ》るような大声が教会に響き渡った。教会に足を踏み入れた途端、そこにいた数人の男女が一斉に俺たちを睨みつけてくる。

――いや、彼らの視線はルーシアただ一人に注がれていた。

「なにをしているのです！　どうして戻ってきてしまったのです、ああ、ルーシア！」

「すみません、師姉ワードラ。私の試練はこれまでです」

慌てふためく人々に囲まれながら、ルーシアは実に彼女らしく微笑んでいる。

ルーシアはワンピース状になっていた上着をゆっくりと脱ぎはじめる。一瞬どきっとしたが、彼女はその下にもきちんと服を着ていた。まあ、それはそうか。

ルーシアが上着を近くにいた女性に手渡す。その女性はとっさに受け取ってしまったものの、どうしたらいいかわからないというように泣き出しそうな顔をしている。

「……ルーシア様、本当なのですか？　神に最も愛されているとまで言われたあなたが、本当に初日で試練を降りるというのですか？」

「事実、こうして町に戻ってきているではありませんか……いえ、実は私も試練の一つが『町に戻らず一晩を過ごす』と聞いた時は、耳を疑いました。騎士の任務で野宿などは慣れっこでしたし――それがまさか、こんな形で失敗になるとは」

ルーシアは涼しい顔をしているが、それと対照的に周りの人間は混乱しきっている。いの一番に声をかけていたワードラとかいうおばさんは、今にも卒倒《そっとう》しそうな顔色だ。

「あなたなら此度《こたび》の試練など、目をつぶってでも乗り越えられたはずなのに――」

「いいえ、師姉ワードラ。困っている人を見て見ぬふりをする目など、私にはついていないのです。メリーベルのつまみ食いには目をつむりますが、異世界から来たばかりの龍太郎を見捨てなければ巫女になれない運命など、こちらから願い下げというものです」

「あなたはっ！」

急にワードラが声を荒らげる。

「あなたが、巫女になればっ！　何万人もの信者の心の支えになれたはずなのです！」

「さて。どうでしょう。実は私も迷っていましたから。やはり祈りを捧《ささ》げるよりも、剣を振るっているほうが私には似合っているということなのでしょう」

そしてルーシアは、実にふざけたことに、こんなタイミングで俺を紹介しはじめる。

「みなさん、お喜びください。この方は、異世界からの来訪者です。これもすべて大神《たいしん》プインターム様のお導きでしょう。新たな友との出会いに祝福を」

どんよりした目が俺に注がれる。

――事情はぼんやりとしかわからないが、ここにいるすべての人間が「おまえのせいだ」と俺に恨《うら》みをぶつけていることは理解できるのだった。

「……なあ、ルーシアさん。もしかして、俺を助けたせいでとんでもない事態になっているんじゃないか？」

「いいえ、龍太郎。また私の言葉を聞いていなかったのですか？　これはあなたのせいではありません。すべて私が望んだことなのです」

晴れ晴れと笑うルーシア。どんよりと淀《よど》みきった教会の空気。

なんだか大変なことになってしまったということだけは、俺にも理解できた。

◈×◈

結果として、俺は五年間の滞在査証と五千ダラー分の金貨をもらった。五千ダラー。それがどの程度の価値なのかはわからない。

見たところ中世ファンタジーっぽい空気のブレスコットの町並みからして、スマホなどはかなりのオーバーテクノロジーに思えるのだが、ワードラは俺が滞在査証と引き換えに渡したスマホを見てため息をつくばかりだった。

「……はあ。まさかルーシアが試験に失敗するなど、予想もしていませんでした」

「いや、本当にすみません」

俺は頭を下げるしかない。ルーシアが支払った代償がどれほどのものかはわからないが、ワードラをはじめとする周囲の人間がひどくショックを受けていることは理解できた。

だがワードラも、さすがに俺にあたるのは筋違いだと思ったらしい。

「いいえ、あなたに文句を言っているのではありません。あなたこそ、生まれた場所から遥か遠いところへいきなりやってきて災難でしたね。そのうえ、あなたのせいでルーシアが試験に落ちたなどと言っては、一《ひと》ツ目《め》鬼《おに》の夜散歩のようなものでしょう」

「一ツ目鬼の夜散歩？」

「――慣用句です。不意に災難にぶつかることのたとえですよ」

「なるほど。俺の元いた世界では……えっと、犬も歩けば棒に当たるって言いますよ」

ちょっと違ったかな？　まあいいや。

「ところで、ルーシアはその――今回の件で巫女さんの試験に落ちちゃったんですよね。でも彼女は自分のことを騎士だと言っていました。それは両立するのですか？」

「……彼女は特別なのです。騎士としての実力は王国中に響き渡るほどでありながら、その信仰心も誰にも劣りません。領主の姪《めい》――貴族として生まれながらあまりにも潔白な精神を持っている彼女は、神に仕《つか》える者たちの理想とも呼べる存在なのです。本来ならば騎士と巫女のどちらかに専念するよう領主や彼女の両親が身の処《しょ》し方を決めるのでしょうが……あまりにも彼女の才は両道に抜きん出ており、どちらかを捨てるのは惜しいと誰しもが頭を抱えていました。私は、この機会に巫女としての位《くらい》を授け、彼女を信仰の道にとどめようとしたのですが――どうやら、その浅慮《せんりょ》が神の怒りに触れたようです」

「……いや、なんか本当にすみません」

あなたのせいではありません、とワードラは力なく首を振る。

正直、説明を聞いてもよくわからないが、ルーシアが凄《すご》い存在であることと、俺がしでかしてしまったことの重大さはぼんやりと理解できた。

俺はワードラさんからもらったこの世界風の服に着替える。いかにも村人Aという感じのシンプルさを突き詰めたような服だ。

そして最後に赤い腕輪をはめる。これが滞在査証を表す証拠らしい。魔法がかかっているらしく、基本的には俺以外には外せない。例外は俺が重罪を犯した時だ。その場合、執行教父という役人に腕輪を外されてしまい、滞在の権利も消失するとのことだ。

魔法のアイテムなんて初めて触ったが、装備しても体が軽くなるでもなければ腕輪が光り出すこともない。すべすべした普通の腕輪だ。

俺が腕輪を様々な角度から眺めていると、聖堂のほうから大きな声がする。

ルーシアと呼び止めるような涙混じりの声に、俺は急いでそちらへと向かった。

聖堂では数人の男女がルーシアとの別れを惜しんでいた。俺が知らない神様に仕える信徒たち。試験に失敗したルーシアはもう、彼らの仲間ではいられなくなってしまうのだろう。ルーシアが俺に気がついて、笑顔を向けた。

「……龍太郎、騒がせてしまいましたね」

突然頭を下げられて、俺はびっくりしてしまう。どう考えても、謝るべきはこちらだ。

「知らないこととはいえ、あなたの大事な試験を台なしにしてしまいました……えっと、巫女の試験って、たとえば来年になったらもう一度受けられたりするんですか？」

ルーシアの無言の微笑みが、俺の楽観を否定する。

俺は自分のしでかしたことの重大さを悟《さと》った。

「ルーシアさん。俺にできることがあれば、なんでも言ってくれ」

俺は彼女に借りを返さなければならない。だが、ルーシアはちょっと困ったように悩んでから、やがていいことを思いついたとばかりに明るく言うのだった。

「それでは、まずその呼び方を改めてください。どうか私のことはただ、ルーシアと」

「……わかった。ルーシア。他には？」

「それだけで十分ですよ、龍太郎」

子供をあやすような柔らかい表情で、ルーシアは言う。

「なにかあれば緑祭《りょくさい》の騎士団を訪ねてください。どう考えても助けが必要なのは私よりもあなたのほうです。私でよければ相談くらいには乗ります」

それで、ルーシアは背を向けてしまった。

この世界で初めて見た上衣を脱いで、彼女はシンプルな装いになっている。巫女の儀式に必要だったあの美しい服を彼女から奪ったのは俺だ。その背中をいつまでも見送っている俺に、ワードラが声をかけた。

「それでは龍太郎。あなたにはこの教会で寝食《しんしょく》の世話をさせていただきましょう。まずはこの世界に慣れ、それからあなたにあった仕事を見つけるまでは、私どもが責任を持ってあなたの身柄を預かります」

ワードラは、片手で握り拳《こぶし》を作り、それを額《ひたい》の前にかざしながら厳《おごそ》かに言う。きっとそれが、この世界での祈りのポーズなのだろう。

俺はワードラに感謝しつつ、丁重《ていちょう》にその申し出を断った。

「そこまで世話になるわけにはいきません。ルーシアの大事な試験を俺がぶち壊してしまったんです。これで衣食住の世話までしてもらったら、俺は何回生まれ変わっても彼女とあなたたちに恩を返せなくなってしまう」

「……では、どうするのですか？」

「幸いにも、俺は言葉が通じればどんな世界でだって食っていけるんですよ」

それは嘘でも誇張でもなかった。

語り部《べ》と娼婦《しょうふ》は俺が元いた世界では最古の職業で、どれだけ文明が発達しても決してなくならない。きっとこの世界でもそうだ。

そして俺の仕事は語り部と娼婦の二つの職業のちょうど中間なのだった。

俺は娼婦の物語をする。店にどれだけ素敵な娼婦がいるかを道行く人々に語り、導くのだ。俺はセクキャバの客引き。だからどんな世界だってやっていける。

俺はルーシアに大きな借りを作ってしまった。どうやって返せばいいかわからない。

だからまずは自分なりの方法で彼女に謝意を表すべきだ。

がっつり金を稼いで、ルーシアに渡してやろうと俺は決めた。

◈×◈

教会から飛び出した俺は、行く当てもなく町をふらついた。

建物や服装の違いもあるが、なによりもまず目につくのは人種の多様さだ。

耳の尖《とが》ったエルフがいる。猫耳と尻尾とぴんと張った髭《ひげ》が可愛い猫娘がいる。これらはまだコスプレの範疇《はんちゅう》で、元の世界でもありえないことじゃなかったが、さすがに鱗《うろこ》の生えたトカゲ娘だとか、二メートル近い身長で二足歩行する犬なんてのはまず向こうじゃお目にかかれない。この世界ではエルフや獣人が普通に生活しているらしい。

数的にはルーシアや俺みたいなオプションなしの人間が一番多い。次に多いのは猫耳オプション、鱗オプションなどのついた半獣人。そして、犬や鳥が巨大化し服を着たような完全獣人が最も少数派だった。

俺はそういった多様すぎる人々の顔つきを眺めながら、町を歩く。

歩いてみると想像以上に大きな町だった。新宿とまではいかないが、田舎の観光地くらいには出歩いている人が多い。これだけ大きな町なら、きっと風俗街もすぐに見つかる。

そういう店が立っている区域は、どんな世界でもきっと共通の匂いがある。

女の甘い匂いとその奥に隠された腐臭に呼び寄せられるように、俺は町の薄暗い路地裏へと足を進めるのだった――

――と、思ったが踏み入れた直後に引き返す。

いや、怖い。超ヤバい。歌舞伎町の比じゃないレベルで治安が悪かった。

この世界での路地裏ってのは基本的にゴミ捨て場みたいなものらしい。とにかく悪臭とかが半端ないのだ。たとえ死体が捨ててあっても俺は驚かない。

そういう場所に初心者が足を踏み入れたらいけないのは、きっとどの世界でも共通ルール。俺はとぼとぼと表通りを歩いて風俗街を探した。

風俗街は基本的には大きな通りか、そこから少し外れたところにあるはずだ。大きな通りには酒場があり、男は酒を飲めば女が欲しくなる。そのルールも共通のはずだ。

そして人の流れに沿って通りを歩いていると俺はバザールに出くわす。広場に出店が立ち並んで、色とりどりの絨毯《じゅうたん》や古めかしい壺《つぼ》なんかを売っている。

串焼き肉を売っている店からいい匂いが漂ってきて、俺は腹を押さえた。

「そういえば、この世界に来てからなにも食ってないな」

「……え、なに？」

思わず俺が呟《つぶや》くと、隣から驚いたような声が聞こえた。そちらに視線を向けると、買い物帰りらしい少女が不思議そうな顔で俺を見ている。なかなかの美少女だ。

「あなた、外国の人？　もしかして、このお肉が欲しいの？　……えっと、お金持ってますか？　私の言葉、わかるかな？」

小柄な少女は、どうやら俺を言葉がわからないと思って気遣ってくれているらしい。周囲を見回すと、俺と似た髪や肌の色の人はそれなりにいる。外見で判断されたわけじゃないなら、先ほどの独り言が原因らしい。言霊が働かなかったのだろうか？

「ありがとう。親切なお嬢さん。言葉はわかるし、金もあるよ」

試しに俺がそう言ってみると、今度は通じたらしい。

「あれ？　あ、ごめんなさい。言葉、通じたんですね……」

なんて目を丸くする少女の様子にぴんと来た俺は、もう一度言霊を試してみる。

「……驚いた顔は特に可愛いな」

「え、え？　今、なんて？」

やはりだ。言霊は俺が明確に「伝えよう」という意思を持って発した言葉じゃないと働かないらしい。独り言や相手に伝達する意思のない言葉にはきっと言霊が働かないのだ。

「いや、なんでもないよ。それじゃあな、お嬢さん」

俺は美少女に手を振った。本当は串焼き肉でも奢《おご》ってお近づきになりたいところだったが、可能な限りワードドラからもらった五千ダラーには手をつけずにいたかった。

ワードドラにこの世界の物価を聞きそびれていた。さすがに五千ダラーが串焼きも買えない小銭ということはないだろう。むしろ俺が心配しているのは、庶民《しょみん》からしたらかなりの大金じゃないかということだった。先ほどの路地裏の様子を見た後では、へたに金貨を見せつけたら命を狙われる危険だってあると思えた。

人をかきわけるようにして広場を進んでいるうちに俺は様々な商品を見た。食べものや絹織物の店が多かったが、中には古物商のように店先に剣や壺などを置いているやつもいた。俺はそれら一つ一つを見て、この世界の人々がどんな風に暮らしているか想像する。

一般的な人々がどのような生活をしているのか想像するのが、客引きには大切なのだ。どうすれば彼らの欲望をつついてやれるのかと考えながら、俺はあちこち見て回った。

だから――ああ、俺はそれを見つけちまった。くそっ。

「ユリスリィから連れてきた奴隷だよ！　文句なしの処女だ！　病気も呪いも心配することないよ！　どうだ！　一人三万ダラーからだ！」

地面に粗末《そまつ》な布を敷いて、足元のそれと同じくらい小汚い布切れを巻きつけただけの人間が一列に並んでいる。

奴隷。人買い――ああ、くそっ。

「男奴隷はみんな病気知らずの働き者だ。女奴隷の足の間からは蜜が滴《したた》り落ちて、口からは小鳥のさえずり。地獄に落とすも天国に導くもご主人様の思いのままってわけだ」

げらげら笑いながら、口髭をたっぷり生やした男が宣伝している。

くそっ。あの路地裏を見た時から、ここが酷い世界だってことはわかっていた。病気になった人間が、道端に放り捨てられているような場所だ。奴隷がこっちの世界では法的に認められているということだって、ルーシアが口にしていたのだ。

だが、ルーシアの言葉と現実はあまりに違う。ルーシア。あの優しい金髪の女。天使みたいだった。その印象が強すぎたから、俺はくそみたいな現実をろくに見ていなかった。

そんな馬鹿な俺だから、覚悟もなしに人間を売り買いする現場を見せつけられて動揺してしまう。子供の頃の記憶がフラッシュバックする。

八人の女が寝起きするボロアパート。俺を抱いて寝る柔らかな胸。客に殴られて顔を赤く腫《は》らす母さん。俺に料理を作ってくれる母さん。病気で死んでしまった母さん。金持ちと結婚してアパートから出ていくことができた母さん。誰が父親かわからない子供を妊娠し、中絶する金さえなかった母さん。俺に優しかった母さん。みんな大事な俺の母さんだ。

「……なあ、あんた、買うの?」

奴隷を前に腕組みしている見物客に近寄って、俺は聞いてみた。最初、そいつはうるさそうに俺を見ていたが、やがて答えた。

「どうするかな。三万ダラーなら、お買い得って気がしないでもない。だが、ここにいるやつらはどうも今いち——」

「へえ、金あるんだ。じゃあさ、一人でいいから買って、自由にしてやれないかな?」

俺の言葉に、男は「ああ?」と素《す》っ頓狂《とんきょう》な声を上げた。なにを言い出したかわからないのだろう。俺だって無茶なことを言っているのはわかっている。

「馬鹿馬鹿しい。そんな偽善に金を払う馬鹿はいねえよ」

そう捨て台詞《ぜりふ》を残して、男は立ち去ってしまった。

……俺はなにを言っているんだろう。三万ダラーといえば俺の所持金の六倍だ。簡単に投げ捨てられる金額であるはずはない。男が怒るのは当たり前だった。

それが気に食わなかったのは奴隷商の男だ。せっかくの見込み客を俺に潰された形になる。俺は奴隷商の恨みがましい目から逃れるようにその場を立ち去った。

「ちっ」

奴隷商の舌打ちが聞こえたが、俺は気にしない。……金を稼ごう。奴隷たちの姿は明日の我が身かもしれないのだ。俺には奴隷になっている暇なんてない。ルーシアに恩を返さなければいけないのだ。俺は奴隷売り場に背を向けた。

「おまえ、なにをしているんだ！」

怒鳴り声に振り返ると、奴隷商が女を殴りつけているところだった。

「今、逃げようとしたろ！　そこのおまえだ！　すぐにわかるんだからな！」

奴隷商が拳を振り上げる。周りの奴隷はなにもしない。くそっ。またこれだ。こんなことばっかりだ。畜生っ。

「やめろ！　女に手を上げるな！」

俺は駆け戻って奴隷商の振り上げた手を摑《つか》んだ。

「なんだ貴様はっ、さっきから儂《わし》の邪魔ばかりして！」

「女を殴るな！　商売の邪魔をしたことは謝る！　だから、女を傷つけるのはやめろ！」

俺の言葉に奴隷商は「なに言ってるんだこいつ？」という顔をしている。だが、そう力が強くないのか、奴隷商は俺の摑んだ手を振りほどけない。

「おい、貴様ら、なにをぼけっと突っ立っている。こいつを引き剝《は》がせ！」

奴隷商が叫ぶと、周囲の奴隷たちが動き始めた。

俺は屈強な体をした男の奴隷に向かって叫ぶ。

「やめろ、おまえたちの仲間を助けようとしてるんだ！　おまえたちも女を守れ！」

「うるさい！　いいから儂の命令に従え！　こいつを黙らせるんだ！」

異なる二つの命令を耳にしたはずだが、奴隷たちは誰も迷わなかった。喧嘩の弱い俺は、ボコボコに殴られて、意識を失ってしまう。

最後に目にしたのは、先程奴隷商に殴られていた女の顔だ。

「迷惑なことしやがって。これでまた後で私も殴られるじゃないか」

そんなことを言いたげな顔で、俺を恨みがましく見ているのだった。ちぇっ。

第2章 ◈ 龍の本職

親父のことは、名前も顔もよく思い出せない。ただそういうやつがいたな、と記憶にあるばかりで、分別《ふんべつ》がつくようになってから思い出してみると、きっとあの男が俺の親父だったんだと思うしかない。俺の最も古い記憶は、俺とくたびれた男が二人っきりでテレビを見ながら食事をしているシーンだ。母親はたぶん、物心つく前からいなかった。

親父は、俺が小学校に上がる前に消えた。それから俺はしばらく誰もいない部屋で過ごし、どういう経緯でそうなったかは覚えていないが、俺は冬華《とうか》という女に拾われた。

冬華は中国人で、日本には出稼ぎに来ていた。

体を売りながら言葉を覚え、そしてわずかな稼ぎのほとんどを国の家族へと送金していた。冬華は同じような事情の七人の女と、十畳くらいの部屋で同居していた。二段ベッドが四つ並んでいて、あとは食卓があるばかり。タンスさえないような部屋だった。

それで俺には八人の母親ができた。血の繋がった両親のことはほとんど覚えていないが、この八人のことはなにからなにまで覚えている。俺の大事なマーマ。

八人の女は昼のうちに店に行き、明け方に帰ってくる。俺はぼんやり寝ぼけ眼《まなこ》で彼女たちを出迎え、登校するまでのほんの数時間を彼女たちの腕の中で過ごすのだった。

同じ中国で生まれたが、母さんたちが出会ったのは日本に来てからだった。生まれも育ちも別の場所で、もちろん血なんか全然繋がっていなかったが、彼女たちからはいつも同じ匂いがした。石鹼《せっけん》の匂いだ。童謡に歌われる母親に石鹼が匂うのは洗濯をしているからだが、冬華たちの場合は見ず知らずの男の体を洗っているためだった。

そんな彼女たちが俺を育てるのは様々な無理があって、俺は通常の小学生が体験する担任の家庭訪問以外にも児童相談所の職員の訪問もやり過ごさなくちゃいけなかった。

「ねえ、ここには誰と住んでいるの？」

「お母さんと二人で住んでるんだよ！」

児童相談所の職員に、俺はいつも同じ答えを返していた。職員は部屋の大半を占めている四台の二段ベッドを見回して、困惑する。

「他にも誰か住んでいるんでしょう？」

「誰もいないよ！　お母さんだけだよ！」

明らかに嘘だとわかる俺の言葉に、しかし児童相談所はそれ以上なにもできない。実際に俺は虐待《ぎゃくたい》なんて受けていないから体のどこを探しても痣《あざ》なんかついてないし、体重だって同年代の平均を上回っており欠食《けっしょく》児童の疑いもない。児童相談所の権限ではそういった明らかな被害が確認できなければ、強硬手段には移れないのだった。

そんな風になんとか児童相談所の追及を逃れながらも、冬華は絶対に俺を手放そうとしなかったし学校にも通わせ続けた。

「リュータロー、いっぱい勉強しなくちゃ駄目よ。勉強しないと、貧乏なるよ。貧乏なると、辛いよー」

片言《かたこと》でそう言うのが冬華の口癖だった。だから俺は学校で必死に勉強した。俺がいい成績を取ると、冬華たちは本当に嬉しそうに喜んでくれた。

そして勉強を頑張った褒美《ほうび》だと言って、たまの休みに俺を遊園地や水族館に遊びに連れていってくれるのだ。というか、八人も母親がいればそれもかなりの頻度《ひんど》になり、もしかしたら俺は他の子供よりも遊園地で遊んだ回数は多いのかもしれない。

「お母さんたち、いつもありがとう」

大変だったのは母の日のプレゼントだ。低学年の頃は折り紙でよかったが、高学年になるとそうもいかない。家庭科の授業で覚えた技術を活かして俺は母親たちにぬいぐるみを作ってやった。

絶対に喜ぶだろう、と思った俺の渾身《こんしん》のぬいぐるみを手にして、しかし母親たちは微妙な顔をしていた。

「リュータロー、これ、ぬいぐるみ、全部同じ顔ね」

「だって俺、顔の細かいパーツ作るような技術なんてないし」

「でも、胸の大きさだけ、全部違うね」

「さすがにそこは譲れないじゃん。すげえ苦労したんだよ、ぬいぐるみの等身にあわせてみんなの胸のサイズの比率だけ綿詰めるの。あ、ちなみに一番小さい冬華母さんは、ちゃんとパッドを入れた時のサイズで計算してあるから、安心してね」

「この……おっぱい小僧！」

「うわ、やめろ！　母さん、やめ、脇《わき》は駄目！　マジ……マジで無理！　あはは！」

脇腹をくすぐられながら、俺は涙を流すくらい笑い転げた。

冬華と暮らした八年間、俺は彼女に一度も殴られたことなんかなかった。怒られたりからかわれたりすることはあっても、冬華は俺が本気で嫌がることは絶対にしなかった。

彼女が俺を傷つけたのは一度だけ。

ある日突然、くそみたいな病気にかかって、俺がどれだけ病院に行けと言っても「だいじょーぶ、だいじょーぶ」と言い続け、あっさり死んだことだけだ。

俺が彼女になんの恩返しもしないうちに、勝手に死んでしまったことだけだ。

◈×◈

目が覚めると木目《もくめ》の天井《てんじょう》が目に入ったので、思わず俺は元の世界に戻ってきたのかと勘違いする。今まで見ていたことが全て夢で、俺は冬華母さんの作ってくれた朝食を食べてから小学校に行くのだ。だが、当然そんな都合のいい話はない。

壁にランプがあった。ちろちろと炎が燃えて壁に影《かげ》を作っている。俺は舌打ちする。異世界に来て心細かったせいか数年ぶりに冬華母さんの夢なんか見ちまった。

身を起こすだけで体の節々《ふしぶし》が痛む。ひんやりする葉っぱが顔だの肩だの、体中に乗せられているのは、この世界の湿布《しっぷ》に違いない。つまりは誰かの手当を受けたのだ、俺は。

俺が寝かされていたのは二階の一室だった。当然ながら、見覚えはない。

部屋から出ると他にも幾《いく》つか同じような部屋がある。スキー場の近くとかによくあるペンションみたいだったが、俺以外の宿泊客はいないようだった。下の階に降りていくと、階段のある部屋がそのまま食堂みたいになっている。

食堂では、端の席で五人組の男が酒を飲んでいる。そのうちの一人が俺に気がついて「あれ?」っという顔をする。

「珍しいな、親父。泊まり客なんかいたのかよ?」

「本当だ。ミミちゃん、客取り始めたんだ。え、じゃあ、俺も今夜お願いしたい」

がははと勝手に盛り上がる酔っ払いたち。実に見慣れた光景である。

「うちは娼館じゃねえ。何度言ったらわかるんだ」

カウンターの奥にいた髭面の大男が、むっつりと答える。どうやらこの店のマスターらしい。俺を介抱《かいほう》してくれたのもこいつだろう。俺はカウンターの側《そば》に行き頭を下げた。

「助けてくれてどうもありがとうございました。おかげで命を救われました」

「……」

俺の言葉に親父は腕を組んで黙り込んだ。しばらく、じろじろと俺の全身のあちこちに文句を見つけだし、そしてそれらを喉元でぎりぎり飲み込んだような苦い顔をして、

「おめえさんを拾ってきたのは俺じゃねえ」

そう言って、厨房《ちゅうぼう》の奥を指差した。

ぐつぐつと煮えたぎる鍋の前に立っている女がいる。エプロンを着けた、生活感に溢《あふ》れた後ろ姿。子供の頃に見た記憶がある。だが、冬華母さんよりもずっと若い。でも確かに彼女を確かにどこかで見たことがある。

なんて思ったらこっちを向いて気づいた。串焼き屋の前にいた美少女だ。

「あーっ。やっと起きたんだ。よかった！」

美少女は俺に気がついてにっこりと笑う。人のよさそうな笑顔が、だがすぐにまた厨房の奥へと引っ込む。「ちょっと待ってね」と言いながら、彼女は肉だの芋だのが入ったスープを五人分盛りつけ、お盆に乗せてふらふらと少し危うい感じに運び始めた。

「よっと。これ出したらあんたの分も用意してあげるから」

「手伝うよ」

俺は盆の上からひょいと碗《わん》を二つ取り上げる。だが美少女は俺のそんな行動にも気づい

ていない様子で、慎重にスープをこぼさないように盆を運ぶことに集中している。

「お待ちどうさま！　特製森亀肉の煮込みです！」

店で唯一の客である五人組のテーブルに料理を運ぶ。俺が完璧な営業スマイルでスープを運んでやったのだが、男たちは俺のことなんか見もしない。彼らの視線は俺を助けてくれた美少女に釘《くぎ》づけだった。さすが美少女。

「なあ、ミミちゃん。新しい店員なんか雇う余裕あるのかよ。客なんかいねぇじゃん」

酔っ払いの言葉にミミと呼ばれた少女は頬を引きつらせる。

「この人はいきがかりで助けただけで店員じゃないですよ。それに、お客さんはこれからいっぱい来るようになりますよ」

「あ？　店員じゃないなら、余計なことさせんなよ。俺らは可愛いミミちゃんから料理を運んでもらうからこんな寂《さび》れた酒場に来てるってのによー。なあ、ミミちゃん？」

酔っ払いは俺を睨みつけてから、甘えた声でミミに擦《す》り寄る。ミミは手を取られた瞬間、びくっと身をすくませたが、無理やり笑顔を作った。

「それはありがたいですね。でも料理も美味《おい》しいでしょ？」

「いやー正直、普通だな。値段も微妙だしさ」

辛辣《しんらつ》な言葉にミミが傷ついた表情を見せる。顔立ちの整った彼女の憂鬱そうな表情は、見る者の胸に迫る。だが、酔っ払いたちにはそんなミミの表情も、扇情《せんじょう》的なスパイスにしかならなかったのだろう。

「へへへ。ミミちゃん、そんな悲しい顔すんなよ。これからも俺たちが来てやるからさ」

「そうそう。毎晩だって来るよ。ミミちゃんが寂しいなら添い寝してあげてもいいぜ」

「あはは……ありがとうございます。あはは——ひゃうっ！」

しつこく粉《こな》をかけてくる男たちにミミはなんとか愛想笑いを返していたが、その中の一人がミミの尻を触ったので飛び上がった。

「やめてくださいっ」

「うはは、ちょっとくらい別にいいだろー。俺とミミちゃんの仲なんだしさー」

どんな仲かは知らないが、少なくともミミにとっては気安く触られたくない間柄のようだ。そして俺の恩人はミミであって、このしょうもない酔っ払いではない。

「そうっすよ。うちはそういうサービスやってないんですよ」

俺がミミと客の間に割り込むようにして言うと、男は明らかに気分を害したようだった。

「あ？　てめえ店員じゃねえんだろ？　なんなんだよ、さっきから」

「俺はタダ働きっすよ。この店にでっかい借りがあるんです」

男の機嫌を取って女を守るのはお手のもの。にっこり笑顔できっちりガード。

酔っ払いたちは俺が推し量《はか》れず、戸惑っている様子だった。このままなし崩し的に酒の追加注文でも取らせて、へべれけにして財布を軽くしてやろうと俺は決めた。

店内での営業も俺はそれなりに得意なのだ。

「わ、わ……き、君、ちょっと……」

だが、ミミが慌てて俺を引っ張るので、俺はカモのテーブルから遠く離れ、店の隅っこへと連れ去られてしまった。こんなところでは営業もなにもできない。

「なにしてくれちゃってるの、君⁉」

「いや、俺は恩返しをしようとだな……」

「お客さんの機嫌損ねちゃ駄目だよっ。あんな人たちでもうちの常連なんだからっ」

「大丈夫。任せろ。俺はああいう手合《てあい》を転がすのうまいんだ。大人しく見てろって」

「ああ、もういいから。とりあえず大人しくこれでも食べてて！」

ミミは疲れた顔で俺の前に森亀肉の煮込みを置く。こちらの世界に来てからなにも口にしておらず、正直涎が飛び出るほどだったが、俺はその皿を無視した。

「俺を信用してくれ。あんたたちの力になりたいんだ」

「……悪いけど、うちじゃあ接客はあたしの仕事って決まってるの。もし手伝ってくれるなら、掃除とか皿洗いをお願い。でも、それも食べ終わってからよ。まずはうちの絶品料理をちゃんと味わいなさい」

それで俺は店の隅っこに追いやられ、大人しく森亀肉の煮込みを食べ始めた。

その料理は俺が空腹だということを差し引いても、とても美味しく感じられた。この料理を微妙とけなすあの連中の舌が悪いのか、それとも全体的に料理技術の発達した世界なのだろうか。そんなことを考えながら出された料理を平《たい》らげた後、俺はミミの言いつけどおりに雑用をこなした。

その後、ミミは実にけなげに酔っ払い連中の相手をし、数分に一回くらいの頻度で体を触られていた。セクハラ野郎どもはろくに追加注文もしないで居座り続けた。ミミがそいつらの相手をいつまでもしなければならなかったのは、新たな客が来なかったせいだ。

会ったばかりの俺でもわかる。この店は寂れてて、今にも潰れそうで、ミミはその細い腕で必死に店を支えている。ミミはとんでもなく疲れていて、未来に目を向ける余裕がない。だから、本当は嫌なのに客のセクハラに耐えて愛嬌《あいきょう》を振りまいている。それが現状を維持する唯一の方法だと思っている。新しいことにチャレンジする気力なんて彼女には残っちゃいないのだ。

それなのに、俺を拾ってくれた。

結局、長い時間が経ったが、最初からいた五人組以外に客は現れなかった。

後片づけをしながら、重いため息をつくミミに、俺はようやく尋ねる。

「……ミミ、どうして俺を助けてくれたんだ?」

「さっき少しだけ喋った人が、そのすぐ後にボコボコに殴られてるじゃないの。しかも、その人は別に悪いことをしたんじゃなくって、人助けをしようとしていただけなんだよ。

自分にできる範囲で助けてあげようかなって考えるくらい当然でしょ？」

それだけ言うとさっと手を振って、ミミは店の奥へと引っ込んだ。

「自分にできる範囲で助けてあげるのは、当然か……」

いい言葉だよ、ミミ。

じゃあ、俺も俺なりのやり方でこの店を救ってやる。

◈×◈

そして翌日――

「ああ――マジかよっ、この……この俺が――」

俺は往来《おうらい》で頭を抱えていた。通行人がじろじろと俺を見る。もっと見ろ。そして俺の背負った看板に注目しろ。【猫の爪痕《つめあと》亭】と書かれた店名を見ろ。そして来店しろ。いらっしゃいませ、お客様。ケツの毛までむしり取ってやる。こっちへ来やがれ。

だが、俺の心の声はどこへも届かない。だから、俺は喉を震わせて実際に叫ぶ。

「この俺が、まさか一人の客も引っ張ってこれないなんて！」

がー、と頭をかきむしりながら俺は吠《ほ》えた。

「馬鹿な……生まれて初めて仕事した時だって、こんな無様《ぶざま》は見せなかったのに……」

地面に膝をつく。だが、俺はすぐに顔を上げた。

反省していては客を逃す。営業の基本はスマイル、心からのスマイル。だから俺は失敗を忘れることにした。

「よっ、そこの社長――じゃなかった、勇者殿。食事していかない？　いい子いるよー」

俺は気持ちを切り替えて呼び込みへと戻った。へらへら笑顔で通行人へと愛嬌を振りまく。俺の言葉に興味を引かれて二人組の男たちが立ち止まった。

「へえ、若いの、その子？」

スケベそうな顔をする二人に、俺はわざと人の悪い笑顔を作って見せる。

「若い。超若いよ。まだこんなちびっこいけど、器量もいいし、胸もあるよ」

「おおー、いいじゃん。なあ」

「どうせいつもの【灰香《はいこう》の美姫《びき》】は混んでるしな。兄ちゃん、その子、いくらなの？」

よし、釣れた。やっぱり俺は呼び込みの天才。客引きの神。どんな堅物《かたぶつ》も俺の歌声に息子を目覚めさせるのだ。……でも、勘違いは正しておかないとね。

「あ、若い子は確かにいるけど、売り物じゃないっす。うちはただの食堂なんで」

「さて、灰香の美姫に行くか」

男たちは俺に興味を失ったようにすたすたと歩いていってしまった。

去っていく二人の背に手を伸ばしながら俺は叫んだ。

「なぜだーっ！」

「なぜもへったくれもないわよ！」

すぱーん、と俺の後頭部に衝撃。振り返ると、店のお盆を振り抜いた姿勢のミミが赤い顔で俺を睨みつけていた。

「あんた、さっきから見てたらまるで娼館の呼び込みじゃないのっ、なにしてるのよ！」

「男の興味を引くのは女で釣るのが一番なんだよ。でもミミに絡まれても困るから、間違いを正しておこうとしてるだけだぞ。おかげで、みんな帰っちまうが……」

「そんな梯子《はしご》を外すような真似《まね》すればお客さん帰っちゃうの当たり前でしょ！　そうじゃなくって、料理の美味しさとかを宣伝しなさいよ！」

「ええー……」

無理言うなっての。俺の言葉は相手の股間に訴えかけるリズムを知っているが、胃袋を刺激する方法なんてさっぱりだ。つーかそんなのないんじゃないの？

「あー、でも確かにラーメン屋の呼び込みとかいたな。じゃあ、見よう見真似で……」

俺はのろのろと動き始め、呼び込みを開始した。

「あーっと……安いよ、うまいよ。も、もり……森亀？　の煮込み、絶品だよー」

「うん、もういいわ。龍太郎。あんた店に戻ってなさい。あたしが呼び込みするから」

「……わかった。無念だが、そのほうがよさそうだな……」

俺はすごすごと引き下がった。

店に戻ると親父さんが「おう」と野太い声で出迎えてくれた。

「すみません。大口叩《おおぐちたた》いたくせに、一人も呼び込めませんでした……」

「かまわねえ。気にするな」

相変わらずにこりとも笑わないが、親父さんは優しい。

俺は夕食時なのに誰もいない店内を見回した。

「昔からこの店、こんな感じだったんすか？」

「そんなわけあるか。ちょうど去年の今頃だな。流行《はや》り病で母《かか》ァがくたばってな――」

それから親父さんが喋り始めた昔語りによると、親父さんの妻――つまりミミの母親がいた頃は、パイなんかも焼いて女性にも人気の食堂だったらしい。

そしてその若い女性客を目当てにして男連中も集まってくる。客を目当てにするから店員へのセクハラもなく、質《たち》の悪い酔っ払いは自然と駆逐《くちく》されていった。だが、ミミの母親が亡くなってからは女性客はほとんど来なくなり、今のような状態になってしまった。

「……実は、こんな調子だから借金をこさえちまってな。貸主に拝《おが》み倒して延ばしてもらってたんだが、どうもそれも限界らしい。返すどころか毎月膨らむばかりじゃそれも仕方ねえ話だ。来月までに支払えないとなると、俺たちは奴隷落ちだ」

俺は奴隷売りの現場を思い出す。粗末な布で胸元と腰を隠しただけの哀れな姿。あの列にミミと親父さんが並ぶことを想像する。くそっ。俺は頭を振った。

「親父さん、借金ってどれくらいだ？」

「五万ダラーだな。なんとか店を売って、ミミが助かる分くらいは確保したいが――それをあいつが承知するとも思えん。あいつは俺以上にこの店への執着があるからな。最後の一日まで粘って、店を維持しようとするだろうさ」

この世界の一ヶ月は毎月の日数にばらつきがなく、ぴったり三十日ずつだ。俺のいた世界とほぼ同じ。借金は、森亀肉の煮込みを一万食分ほど売ってどうにか稼げる金額だった。一日で割ればおよそ三百三十三食分。実際には酒を飲む客がほとんどだから、毎日百人近くの客を呼び込めば店を売らずに済むだろう。一日百人。この街の人口がどれほどかわからないが、見たところかなり厳しい。

俺にはその自信がなかった。セクキャバの呼び込みと食堂の呼び込みがこれほど違うとは思わなかった。そもそも俺が客を百人引っ張ってきたとしても、店にそんな大量の客を受け入れるキャパシティがない。なにもかも不足している。

つまるところ、この店が食堂として生き残る道はもう絶たれているのだ。

教会から俺が渡された金は五千ダラーで、これは居候《いそうろう》を決めた初日に親父さんに預けている。それでさえ借金の十分の一にしかならない。

店の前の通りで声を張り上げるミミを俺は見つめる。小さな体で背伸びしながら、笑顔を振りまいて客引きをしている。

だが、汗を拭う場面や、ふと強い日差しに目を細める瞬間、彼女を押しつぶそうとしている疲れと不安が見え隠れする。そんなミミを見て、俺は腹を決めた。

「親父さん、明日からはちょっと出稼ぎに行っていいか？」

「ああ――そりゃあ構わねえが、なにをするつもりだ？」

俺は肩をすくめて適当にごまかすことにした。

「さて、日が高いうちからはとても口には出せない仕事でね」

◈×◈

大人気の高級娼館【蒼墓楼《そうぼろう》】の店主は、俺の言葉に目を丸くした。

「雇ってほしい、だと？　おまえをか？」

丸顔の店主は、実に面白い冗談を聞いたかのように笑い始める。

「ここは、娼館だぞ！　おまえのケツなんか、誰も興味持たん！」

笑い声が弾《はじ》ける。店内にいる男や、女が揃って俺を馬鹿にする。

俺はそんなことは気にもしないで、店内の様子を観察した。猫の爪痕亭とほとんど同じ作りだ。一階が食堂になっており、二階に小部屋。女たちは階段にしなだれかかって男に媚《こび》を売っている。一階で酒を飲んでいい気分になった男は、二階に上がりその欲望を鎮める。二階が混みあっていて順番待ちをしなくてはならない場合は、やはり一階で酒を飲みながら店に金を落とす。

俺の世界でも、ヨーロッパあたりではほんのつい最近までは酒場と宿屋と娼館が一緒になっている店が普通だったらしい。それと同じスタイルなんだろう。

「勘違いするな。俺はケツを売りに来たんじゃない。そこの綺麗な姉さんたちのケツを、もっと綺麗にして売ってやろうって言ってるのさ」

「……おまえ、化粧師か？」

丸顔の男が手ぶらで現れた俺に首を傾《かし》げている。化粧師ってのがどんな職業なのかは知らないが、言葉通りならば道具も持たない俺を怪しんで当然だ。

「まあ、見てろ。すぐにこの店を客で溢れかえらせてやるよ」

俺はいつも通り大口を叩いたが、その実、内心は不安でいっぱいだった。

鍛《きた》えに鍛えた俺の話術が、この世界でも通じるかどうか、すっかり不安になっていたのだ。言葉さえ通じればどこでもやっていけるとかワードラに言ったことが恥ずかしくて仕方ない。だが金を稼がなければならない。

俺は不安に震えそうになりながら、大通りへと飛び出していった。

そして、その結果——

「あんた、どんな魔法を使ったんだ！」

俺の言葉通りに現実が動いていた。店には客が溢れ、普段はお茶を挽《ひ》いているような醜《しゅう》女《じょ》までが順番待ちの列を並ばせている。酒は飛ぶように売れ、それでも男たちは行儀よく自分の番が来るのを心待ちにしている。

「わはは！　俺は営業の神！　呼び込みドラゴンとは俺のことよ！」

「龍太郎と言ったか、ぜひあんたを雇いたい！」

丸顔の男は俺に揉み手しながら近づいてくる。それから「フローラ！　こっちへ来て龍太郎さんに酌をしろ！」と大声を張り上げた。

「はいはい。ただいま……」

やってきたのは、銀色の髪をショートカットにした娘だった。なかなかの器量だ。これだけの美人が一階にいていいのかと丸顔の店主に視線で問いかけると、

「フローラは不浄の日だからな。二階の客なんかどうせつかないんだよ」

とのことだった。不浄の日とは聞き慣れない単語だが、意味を尋ねるまでもない。娼婦が商売できない日ってのは、俺の世界にもあった。まあ、要するに女の子の日である。

しかし、こちらの世界の娼婦は凄い。なにせ常時スケスケの衣装だ。前かがみにならなくても目を凝《こ》らすだけで色々見える。全裸よりもエロい。そんなスケスケフローラに酌をされて、いい気分にならない男はいない。俺だって例外じゃない。

「龍太郎様がいてくれたら、私たちも寒い中通りに出なくて済んで助かりますわ」

フローラに聞くと、これまでは店が暇になると娼婦が客引きに出されていたらしい。このスケスケ衣装で、大通りに？　凄い。裸の王様みたいだ。

「だがずっといるわけじゃないぞ。俺の本業は別にあるからな」

「本業？」

フローラが俺の盃《さかずき》に新たな酒を注《つ》ぎながら小首を傾げる。この仕草だけでフローラがこの店の売れっ子だということがわかる。美人というだけでなく、男の気分をよくする仕草を心得ている女の態度だ。こういう女の手にかかれば男なんて哀れな操り人形だ。どんなに気を引き締めていても、彼女の望むままに全てを差し出したくなってしまう。

でも俺には差し出せるものなんてなにもない。それどころか、ルーシアやミミに借りを返すために必死に駆けずり回っているくらいなのだ。

「そう、本業。猫の爪痕亭って食堂を存続させるのが、俺の仕事なのさ」

俺はミミを見限ったわけじゃない。あの店にいてもやることがないため出稼ぎをしているのだ。ミミたちが奴隷に落ちないように、俺は金を稼ぐ必要があったのだ。

失敗に自信を失いかけていた俺だが、娼館の客引きならば培《つちか》ってきたノウハウが通用する。俺は最強のセクキャバ屋。最初からこうしておけばよかった。

「フローラ、ちょっと来い」

「あら、私も本業のほうに呼ばれているみたいですわ……それでは、ご機嫌よう」

店主に呼ばれてフローラは席を立つ。去り際にそっと俺の頬に唇を添えていくのがなんとも愛らしい。

名残惜しく俺が彼女を目で追うと、身なりはいいが目つきのやたら鋭い男の許《もと》へと歩み寄った。そしてフローラはその男の腕に自分の腕を絡めて二階へと登っていく——

「なあ店主、フローラは不浄の日じゃなかったのか？」

「……まあね。だが、相手がシグルドさんじゃあ断れねえ。この街で娼館を開いてシグルドさんに仁義を切らずに済むはずがねえからな」

「ふうん。あんなに若くて元締めってわけか……」

シグルドは俺と同い年くらいだ。しかし、くぐってきた修羅場《しゅらば》が段違いであることは遠目にもわかる。俺の世界のヤクザとも比べものにならない。こちらの世界は、奴隷も人殺しも日常的に——それも、ほとんど合法的に行われるような世界なのだ。

「しかしフローラも親分のお気に入りだと大変だな」

「なに、まあ普通ならそうだろうがシグルドさんは——おっと、まずい。聞かなかったことにしてくれ」

店主は慌てて口をつぐむ。もったいぶっているのではなく、本当に口を滑らせたようだ。

「——まあ、とにかくフローラはシグルドさんのお気に入りなんだ。いくらあんたでも貸し切りにしておける娘じゃねえんだよ。わかってくれるだろ？」

「ああ、我儘《わがまま》言うつもりはない。それより、俺の給料だが——」

それから俺は店主と給料についての話しあいをする。俺の希望は完全歩合制。店主もそれでいいと頷いた。あとは客一人に対して俺にどれだけインセンティブが入ってくるかの交渉だ。俺は相場がわからない。店主の反応を読みながら、じっくりと交渉をする。

店内は絶えず発情した男女が行き来している。それをなんとなく眺めながら、色気もなにもない丸顔の店主と話しあっていると、二階から叫び声が上がる。

「何事だっ」

「なんでもない——店主、女が喀血《かっけつ》した。あーあ、ありゃ駄目だぜ、多分」

丸顔の怒声に二階から半裸の客が返事する。血まみれのシーツをこれが証拠だとばかりに一階に放り投げる。血に染まったシーツがひらひらと宙を舞う。

店主はそれを見て事情を察したようだった。

「くそっ、多分またエフラフ病だ」

「残念だったな、店主。だが悪いが俺の息子の心配もしてくれ。まだ気をやってないからな。別の女を用意してほしいもんだが——」

「それはわかりますが、これだけの人数が待ってますから、時間がかかりますよ？」

「おいおい。あんたも男なら試合中断がどれだけ辛いかわかるだろ？　金なら少し積むから、なるべく早く頼むよ……」

客と店主は呑気《のんき》にそんなことを話している。

俺は二階へと駆け上がった。男と女が絡みあう声。ドアがないから中が丸見えだ。これがこの世界の娼館か。だが、おかげでその部屋に辿《たど》り着くことができた。

ベッドの上で、生まれたままの姿の女が一人、背中を丸めて血を吐いていた。

◈×◈

女を医者に見せろと俺が言うと店主は「なにを馬鹿なこと言っているんだ？」という顔をする。だから俺は今日一日分の給料をもらって、女を医者まで運ぶことになった。

裸の女をシーツに包んで背負い、俺は夜の街を駆ける。裸の胸の柔らかい感触が背中越しにもわかるが、今はそれを楽しむ余裕なんてない。

娼館の多い区域の近くには医者も多いのが救いだった。普通の一軒家とほとんど変わらない大きさの診療所に飛び込むと、白髪の医者がすぐに事情を察してくれた。

「エフラフ病じゃな」

店主が言っていた病名と同じだ。つまりはありふれた病だってことだ。だから簡単に治るんだよな、と俺は医者に尋ねる。声が震えてしまっている。くそっ。

冬華母さんのことが嫌でも思い出される。だいじょーぶ、だいじょーぶ。母さんはそう言いながら死んでいった。

「……大丈夫じゃよ」

医者が母さんと同じ言葉を口にする。だが医者の顔はそうは言っていない。俺が医者をじっと見つめ続けると、彼は白髪頭をかきむしりながら、観念したように言う。

「病が治るまで安静にして、薬を飲み続けられるならな……」

それができないことを予期している表情だった。

俺はさっきもらったばかりの給料を全て医者に渡す。医者は小さくため息をついて俺の手から金をむしり取ると、布の袋に入っている薬をぽんと投げてよこす。

「おまえさんは、この女の旦那《だんな》か？」

「……違う」

「じゃあ、恋人か？　それとも家族か？」

「……違う」

医者は俺の答えを半ば予想していたようで、「じゃあ娼婦か？」と聞く。俺は頷く。

「その娘じゃがな、腹の中に赤子がおるぞ」

女を背負って診療所を出ると、夜風に当たったのか女が目を覚ました。

「……私、どうなったんだい？」

「血を吐いて倒れたんだ。医者に見せた。エフラフ病だとさ」

知らない男の背中に裸で背負われているというのに、女は動揺した様子がない。

「お客さん、ごめんね……よく覚えてないんだけどさ、まだ途中じゃなかった？」

彼女は俺を客だと勘違いしている。だがそれを訂正しても意味がない。俺は「気にするな。それより家まで送る」とだけ伝えた。

風俗嬢が自宅を知られることはストーカー被害の温床となるため、俺の世界では絶対に避けるべきとされていたが、女はそんなことに一切頓着《とんちゃく》せずに俺を家へと案内する。

俺の世界では、コンドームがあったから避妊や病気に関してもかなりの対策ができていた。それも完全ではなかったが、この世界よりはずっとマシなはずだった。

女を家に送り届けると、俺は彼女に薬を渡してやった。

そして医者から言われたことを伝える。安静にしたほうがいいことと、薬を飲み続ければ治るということ――そして、妊娠していること。

女は「そっか」と頷いた。もしかしたら自覚症状があったのかもしれない。

俺が立ち去ろうと背を向けると、女はすがるような声で呼びかけてきた。

「ねえ、お客さん、やっぱりさっきは途中だったよね？」

俺が振り返ると、女はへらりと笑う。

「お店に内緒にしてくれるならさ、薬と看病のお礼にさっきの続き、してあげよっか？」

俺は笑っておやすみを告げ、その部屋を後にした。

とぼとぼと一人で夜の街を歩く。蒼墓楼にも猫の爪痕亭にも戻る気になれなかった。

夜の街には、猫耳の女が歩いている。元いた世界だったらコスプレだが、獣人の耳は本物の血が通っている。空を見上げればたまに竜が飛んでいる。

ここは俺の知っている世界ではないのだ。ゲームやアニメで見たようなファンタジーの世界に身を置いている。しかし俺の知っているどんな創作物とも違っていた。剣と魔法と性病の世界だ。暴力と病気。俺が元いた世界にだってあったじゃないか。

どんなに姿形が変わっても、俺のいた世界とこの世界はある一点において地続きだ。

——現実は娼婦に残酷だ。俺はその事実を再認識させられていた。

歩き疲れて、俺は適当な段差に座り込んでしまう。このままここで眠ってしまうのもいいかもしれないなんて考えて、そのまましばらく目を閉じていた。

「……龍太郎？」

俺を呼ぶ声に顔を上げると、夜なのに光り輝くような金髪が目に入る。

「よう、俺の大恩人じゃないか。こんな夜更《よふ》けに美人の一人歩きは感心しないね」

俺が声をかけると、ルーシアが嬉しそうな顔で近づいてくる。思いがけない再会を喜んでくれているのだと思うと、俺は彼女のためになんだってしてやりたくなる。

ただちょっと、今は疲れて立ち上がることさえできない有様《ありさま》なのが悲しい。

「どうしたのですか？　あなたこそこんな時間に……」

そこまで言ったルーシアはようやく俺の様子に気がついたようだった。

「酔っているのですか、龍太郎？」

暗がりで俺のことがよく見えなかったのだろう。俺は酔ってなんかいない。

「――待ちなさい。あなた、怪我をしているではありませんかっ」

ルーシアが血相《けっそう》を変えて俺に詰め寄る。最初は彼女がなにを言っているのかわからなかったが、すぐにさっきの女の吐いた血だと気づく。同じ誤解でも返り血だと思わないあたり、ルーシアも俺のことをわかっている。

「違うよ。ちょっとエフラフ病の女の子を家まで送り届けてきたんだ。お礼にもの凄いキスマークもらっちゃったからな。このまま家に帰ったら、怒られると思う？」

「エフラフ病？　……龍太郎。あなた、まさか娼館に行ったのですか？」

娼婦に多い病気として有名なのか、ルーシアはすぐに正解に辿り着く。いや、それともここが娼館の多い地域だからだろうか。

「ん？　というか、ルーシアこそどうしてこんなところにいるんだ？」

「私は騎士団に所属していますので、その仕事です。今は警邏《けいら》の最中なのです」

腰に佩《は》いた剣に手をやりながら、ルーシアは胸を張る。その持ち前の正義感から、彼女はいつもこんな俺のことを気にかけてくれる。

「龍太郎。やはりあなたも具合が悪いのではないですか？　すごい顔色です」

「……いや、ちょっとへこむことがあっただけだよ。なにも問題ない」

膝に手を当てて俺は立ち上がる。体が鉛《なまり》のように重かった。だがこれ以上、このお人好《ひとよ》しの騎士様の前でへこたれていてはどんなおせっかいを焼かれてしまうかわからない。

倦怠感《けんたい》よりも、彼女ともっと話していたいという欲求を振り払うほうが大変だったが、俺はなんとか別れを告げることにする。

「さて、あんたの強さなら、俺が送ってやらなくても大丈夫だろうけど、気をつけてくれよ。あんたにもしものことがあったら、俺はとても困る」

じゃあな、と俺は手を上げて、ルーシアの横を通り過ぎようとする。

だが、俺の手をがしっと摑んで、彼女は言うのだった。

「いけません……やはりどうしても放っておけそうにありません。龍太郎、せめてなにがあったのか、話くらい聞かせてくれてもいいでしょう？　さあ、お聞かせください」

どことなく気品を感じる仕草で俺の隣に腰を下ろすと、ルーシアは歌うように言った。

「……話すってなにを？」

「なんでもいいのです。あなたのことを聞かせてください」

さて、俺は自分の仕事を卑下《ひげ》するつもりはないが、世間様からどう思われるかについては嫌ってくらいに理解している。

ルーシアみたいに真面目で素敵な女の子に「俺ってセクキャバの呼び込みなんだぜ。凄いだろ?」などと言っても軽蔑されるだけだ。そんなことは知っている。

だからなんとかごまかそうと考えていたのだが、ルーシアの追及は厳しかった。

なにせ無言でじっとこちらを覗き込んでくるのだ。俺はため息をつく。

あーあ。

夜の薄暗がりに街路の片隅に並んで腰掛けて、彼女は俺の話を待っている。なにも話したくないのに、子供のようにまっすぐな瞳に俺は抗《あらが》うことができない。仕方ない。俺はルーシアにはこの先、絶対に逆らえないんだろうなという予感さえある。

結局、俺は今日までの流れと、それから自分が元いた世界での出来事も喋ってしまった。

冬華母さんのことまでだ! 畜生っ、誰にも聞かせたことなかったのに。俺の初めての女にだって話したことはなかった。それをルーシアに教えてしまった。

やっぱり俺は相当弱っていたんだろう。

「……なんと言えばいいか。なんと言ったらいいものか、わかりません、龍太郎……」

ルーシアが気を遣いながらそう口にする。

しばらく沈黙が二人の間に横たわる。眼下には街の灯《あか》りがぽつぽつと光っていて、犬の遠吠えや酔っ払いの歌が聞こえてきた。子供の頃、夜空の星に手が届くかもしれないと無《む》邪気《じゃき》に手を伸ばしたことがある。今は、ルーシアの肩を抱き寄せれば成功するんじゃないか、とか、そんなことばかり考える。まあ、しないけど。

代わりに俺はルーシアにこんなことを言う。

「元の世界で娼館の仕事をしてたって知って、軽蔑したんじゃないか？」

「……正直に言います。少しだけ、軽蔑しました」

その答えは予想していた。だから俺は肩をすくめてみせる。

ルーシアは続ける。

「女性が体を売ることは、絶対に間違っています。女性の弱みにつけ込んでお金を稼ぐ男は絶対に許すことができません……そして、あなたのことも、同罪だと」

「それはそうだ。言い逃れはないよ」

「――ですが」

ルーシアは俺を見る。彼女の緑色の瞳が真っ直ぐに俺を見つめている。

「龍太郎。あなたは今日、後悔しました。病床《びょうしょう》に伏《ふ》す女性を見て、その子が吐いた血は自分のせいだと思ったのです」

「……」

「食堂の呼び込みをするべきです。心をつくして頑張れば、きっとお金も稼げます。なぜならあなたの話を聞いて、私もその食堂に行きたくなってしまったのですから」

ルーシアはそう言って立ち上がった。

「猫の爪痕亭でしたね。必ず伺います。……ところで、まだ血がついています。そんな様子では、おうちの人も心配してしまうでしょう。帰る前に綺麗にしておくべきですね」

ルーシアは絹のハンカチを差し出し、それから手を振って階段を登っていった。

その後ろ姿が見えなくなってから、ようやく俺はそのことに気がついた。

「……もしかして、食堂の客引き、初めてうまくいったのか？」

一度も成功しなかった客引きだったが、思いもよらぬところで成果があがった。

俺はルーシアの渡してくれたハンカチをじっと見つめる。

レースの細工《さいく》が施してあって、なにか文字が刺繍してある。もしかしたらルーシアの名前かもしれない。とても綺麗なハンカチだった。

俺なんかが使うのはもったいないくらいの——

「……でもさ、ルーシア。それじゃ駄目なんだよ」

俺は立ち上がった。

ルーシアが貸してくれたハンカチで、顔を乱暴に拭う。新品のようだった白いハンカチが、乾いた血を拭いたために茶色く汚れてしまう。だが俺は気にしなかった。

「食堂の呼び込みがうまくいけば、ミミは助かる。親父さんは助かるだろう——」

ぐいぐいと、何度も、何度も。

顔を、首筋を、そのハンカチで拭った。

「――でもさ、あの女の子はどうなる？　病気を抱えて、赤ちゃんを腹に宿して、それで何か救われるのか？　俺は救ってやることができるのか？」

ハンカチを広げると、まるで泥水に漬け込んだかのように変色している。鏡なんか持っていないから、俺は自分の顔がどうなっていたかわからない。だが、ハンカチを見て初めてこれまでの自分がどれだけ酷く汚れていたか気がついた。

「俺は、娼婦を救う。ルーシア。あんたのせっかくの言葉だけど、それでも俺は――」

俺の一番の才能は、女の魅力を伝える語り部なのだ。そして、それがどんなに汚い才能でも、俺にはそれを使わないでいられる余裕なんてない。

ハンカチは使われないままなら、ずっと綺麗でいられる。だが、俺はどうしてもそうすることができないのだ。恩人から預かったハンカチが汚れてしまったとしても、俺は血を拭くことを選んだ。

その理由はその血が俺自身のものではなく、娼婦のものだからに他ならない。

汚れたハンカチをそれでも俺は大事にポケットに仕舞って、階段を下りる。

覚悟はもう、決まっていた。

第3章 ◈ ぱふぱふ屋マジック・ドラゴン、開店！

白昼《はくちゅう》の往来で、俺は品物を吟味《ぎんみ》している。いつもの俺ならば売る立場だが今日は違う。俺は買い物に来たのだ――奴隷を買いに来たのだった。

「よう、この前は殴ってすまんかったな」

髭面の奴隷商が俺を見て意地悪く笑う。まだ傷が残る俺の顔を見て、実に楽しそうにしている。髭面の背後には屈強な奴隷が控えており、俺がなにかしたらすぐに殴れるように用意しているのだ。だが今日は喧嘩をしに来たわけじゃない。俺は目的を告げる。

「女を買いたい」

「――ほう？　金があるなら文句は言わんよ？　こっちは商売だからな。女を野山に放そうが、大金払って査証を買おうが、儂にはどうでもいいことだ」

「いや、娼婦にするのさ」

俺は言う。

「俺は娼婦を救う。そのために、娼館を開いて金を稼ぐ必要があるんだ」

奴隷商は、俺の言葉を聞いて目を白黒させている。髭面の奥に「なにを言ってるんだ、こいつは？」という表情が一瞬だけ表に出るが、すぐにそれを引っ込める。

「まあ、いい。娼館を開くなら一人じゃ足りないな？　数人の女を買う金なんてどうやって作った？」

「これから作るのさ——あんたに借りてな」

笑われるかと思ったが、奴隷商は意外にも真面目な表情で俺の言葉を待っている。俺に興味を引かれているのだ。だからせいぜい高く見積もられるように、俺は自信満々に奴隷商に言ってやる。

「これからあんたの奴隷を売ってやる。俺は客引きだ。その俺の腕を担保に、女奴隷を買う金が欲しい——つまり、あんたは俺の腕を買い、俺は女を買う」

「……取引ってわけか？」

奴隷商は一瞬だけ考え込むように目を閉じるが、すぐに決断したようだった。

「いいだろう。興《きょう》が乗った。おまえさんの腕を見てやろう」

それで取引は成立だった。

後ろの奴隷たちが困惑した様子で俺たちを見ている。髭面の男の後ろにいる奴隷は、はっきりと不満顔である。俺という自由に殴っていい相手が再び現れたのに、主人からの命令がない。きっと玩具《がんぐ》を取り上げられた気分。

「さて、と——」

俺は奴隷商と奴隷の販売価格についての調整をして、往来へと向き直る。

そして、大声を張り上げた。

「さあ、みんな見てくれ！　家事をさせてもいいし、殴ってもいい！　一家に一人、便利な奴隷だよーっ」

俺は呼び込みの天才で、客引きの神だ。前の世界ではセクキャバの呼び込みで鳴らしたが、こっちの世界に来てから食堂の客引きに失敗した。でも、娼館では成功した。

世界の違いよりも、職種の違いのほうが俺にとっては大きいらしい。

いったい奴隷商は、食堂と娼館のどちらに近いだろうか？

もう一つ、気がかりなことがある。言霊のことだ。

ルーシアは俺の言霊が普通よりも強力だと言っていた。言霊は「相手に伝えよう」という意思が明確にないと働かない。この二つをあわせて考えると、俺は言霊をうまく使えば、相手を操ることができるんじゃないだろうかと思えてくる。

催眠《さいみん》術のように強力でなくてもいい。どうしようかな、今日は奴隷を買おうかな、でも少し節約しようかな、と迷っている男の判断を傾かせる程度の力があれば、それは大きな武器になる。

俺はありったけの意思を言葉に込めながら、道行く人に呼びかけた。

「やあやあ、兄さん。見ていかないかい？　あんたみたいに強そうな男は、奴隷の一人や二人持ってないと箔《はく》がつかないよ！」

「ああ、なんだてめえ……うるせえから、寄ってくるんじゃねえよ」

若いスキンヘッドの戦士に、俺は追い払われる。胸を強く押されて体勢を崩してしまうが、そんなことを気にする俺じゃない。

「いやいやいや、見ていってくださいって。ちらっとでいいから、ちらっと……ね？」

スキンヘッドの進行方向に回り込むと、本気で怒りを露《あら》わにした顔がそこにあった。

「てめえ、マジでうぜぇ……」

「え、ちょっと待って。殴らないでください。さっきのは謝るから、殴らないで――」

だが次の瞬間、俺は殴り飛ばされている。顔の中心にがつんと衝撃があって、俺はたたらを踏んだ。ありゃりゃ。こんな様子じゃ言霊に大した効力なんてないな。せいぜい便利な翻訳機ってところだ。

まあそれでもいいさ。俺の武器は他にもまだある。

殴られたおかげで、鼻血が吹き出ていた。

「ぷっ――馬鹿だ」

俺を笑う声があった。もしかしたら奴隷の一人かもしれない。そうならいいと俺は思う。

馬鹿にされることは、俺のような商売をしている人間にしてみれば才能なのだ。だって相手に警戒されたらうまく騙《だま》すのも一苦労だ。しかしこっちを馬鹿にしている相手なら、俺は一捻《ひとひね》りで簡単に騙すことができる。騙す相手の頭のよさなんて関係ない。俺を馬鹿にしているかどうかだけが俺にとって重要だ。

人間としての尊厳を奪われ、最も余裕がないはずの奴隷に馬鹿にされるくらいなら、きっと誰もが俺を馬鹿にしてくれるだろう。

通行人は俺のことをじろじろと見ている。いいぞ、もっと見ろ。

俺は鼻血を拭きもしないで、両手を上げて元気よく叫んだ。

「みんな見てくれーっ。鼻血がでるほどいい女が揃ってるんだぜ！　俺が言うんだから間違いねーっ！」

目抜《めぬ》き通りを貫くような俺の声に、みんなが「なんだなんだ」と顔を向ける。

そして目にするのは鼻血ぶーぶー、顔はにこにこの俺の姿というわけだ。

一度目にしたら、もう誰も無視できない。

この街の全ての人の関心が、俺一人に集まっているような気分だった。

「さあ、奴隷だ。奴隷を売るよーっ」

その後はもう、俺の独壇場《どくだんじょう》だった。

◈×◈

猫の爪痕亭に戻ると相変わらず閑古《かんこ》鳥《どり》が鳴いていた。

「おかえりなさーい。今日は諦めが早かったねー……って、あれ？　もしかして、その後ろにいる人たちは、お客さん？　いや、お客様なのでしょうか、ちょっとぉ！」

テーブルに顎《あご》を乗せてしょげ返っていたミミが、俺たちの姿を見て奮い立っていた。

俺は五人の女を後ろに従えている。俺はミミに彼女たちを紹介してやった。

「いや、彼女たちはお客さんじゃない。俺が雇ったんだ」

「雇った？　へえ、つまり店員ってこと……あたしとお父さんだけでも十分な規模のお店に新しく五人の店員……お帰りいただいて、龍太郎」

客じゃないとわかった途端、テンションが垂直落下するミミである。

しかし、ミミの言う通りにするわけにはいかない。

「悪いが、彼女たちはどうしても必要なんだ。猫の爪痕亭は、一時休業だ。親父さんと話はついてる。この店を借りて、俺が新しい商売を始めるんだ」

「なっ——なによ、それ！　あたし聞いてないんだけどっ！」

ミミは慌てて親父さんに顔を向けるが、彼女の父は難しい顔をしたままなにも言わなかった——つまり、俺の言葉を否定しなかった。

「お父さん、本気なの？」

「ああ。このままじゃ、今年の人頭税《じんとう》は支払えない。だから龍太郎の話に乗る」

「……それで、龍太郎はなにをするって？」

「おまえも龍太郎の昔の仕事を知ってるだろ？　娼館だ。幸い、うちの間取りは娼館とほとんど同じだから、大工も雇わずに済むんだとさ」

「……っ」

がつっ、と鈍い音がする。ミミがテーブルに拳を打ちつけている。

「あたしは、なんのために……このお店を、お母さんが大事にしていたお店を守ろうって、今まで頑張ってきたのにっ！」

「……ミミ。龍太郎は店を乗っ取るつもりじゃない。俺たちのために、一時的に金を稼ごうと申し出てくれたんだ。時機が来たら、猫の爪痕亭を再開するって約束で――」

「知らないよっ」

ミミは叫んで、店を飛び出していってしまう。

脇を通り抜ける瞬間、彼女の泣き顔に俺はなにも声をかけることができなかった。

「……いいんだ。気にしないでくれ」

親父さんが、俺の肩にぽんと手を置いて言う。

そうだ。気にしてなんかいられない。まだなにも始まっていないのだ。

「親父さんには紹介しておくよ。おっぱいの大きい子から順に、シャーリー、サナ、マルガレータ、リゼット、トーラだ」

「……わかるかよ」

親父さんに五人の娘を紹介し終わると、俺はさっそく仕事の説明を始める。

「基本的には親父さんには一階で店番と、食事と酒の給仕《きゅうじ》をやってもらう。要するに今まで通りだな。そして女の子たちは二階で接客だ」

俺の説明に、女たちに緊張が走る。仕方ない。彼女たちは男を知らない。俺はそういう奴隷を借りたのだ。

「だが、うちの店は普通の娼館と違う。君たちは女神のように振る舞い男をもてなすが、下半身は許さない。これは絶対だ。男がズボンを脱ぐのを許すな。君たちの腰から下に触ることを許すな。君たちが男の腰から下に触ることも許されない。わかったか？」

女たちは俺の説明を聞いて戸惑っている。なにを言われたのか全くわかっていない顔。

それは親父さんも同じだった。

「おいおい。俺は娼館の経営なんてわかんねえけどな、聞いたことがねえぞ、そんなの」

「おっパブとかセクキャバって言って、俺の故郷ではきちんと抜き有り――本番有りの風俗とは住み分けができてたんですよ」

「だが俺たちはそんな店は知らない。誰も知らない商売をいきなりやって大丈夫か？」

親父さんの不安はもっともだ。だが、俺も譲るつもりはなかった。

「こんな話がある島……靴を売る二人の営業マンがある島に行きました。しかし島の住民は裸足《はだし》で暮らしていて誰も靴なんか履いていない。会社に戻り一人は上司にこう報告しました。『駄目です。これじゃあ商売にならない』……一方、もう一人は喜んで言います。『凄いですよ！　これなら島中全員に靴を売り放題だ！』……ってね」

俺は親父さんと五人の娘の顔を見回して言う。

「ここらで娼館といえば一発ヤるだけだ。みんなおっぱいはその前菜だと思ってる。だが、おっぱいの嫌いな男はいない！　俺たちがセクキャバを始めれば、この街の全ての男を客にできる！　みんな、不安ならば自分の胸に聞いてみろ！　おっぱいを信じるんだ！」

「まあ、その理屈はわかった。だがよ、そもそもセクキャバってどういう意味なんだ？」

親父さんの言葉は確かに一理ある。この世界にはキャバクラがないから、セクキャバって単語は使えない。パブなんて呼び名もなく、ただの酒場で通るからおっパブも駄目だ。

そうかと言って、娼館と名乗ってしまえば差別化が図れない。なにかいい単語はないだろうか。馬鹿みたいで、でもちょっとわくわくして、おっぱいに対する敬意を忘れていないようなそんな素敵なワード――

「……そうだ。ぱふぱふ」

子供の頃、大好きだった漫画で、主人公の必殺技名と同じくらい興奮したパワーワード。ぱふぱふ。これなら、こちらの世界観とも見事にマッチするじゃないか。

「ぱふぱふ屋だ。そうだ。俺たちは、これから街中《まちじゅう》の男どもをぱふってやるんだ！」

ぱふぱふ――どことなく気が抜けて、でも力を入れずには言葉に出せないこの単語。

実にテンションが上がる。素晴らしい。

激しい感情に突き動かされ、俺は拳を突き上げながら、ぱふぱふ屋の始まりを叫んだ。

この興奮に比べれば、六人の冷たい視線なんか痛くも痒《かゆ》くもないのだった。

◈×◈

親父さんを残し、俺と五人の女たちは二階に上がった。

「二階には小部屋がいくつかある。一部屋に一人、女の子が入る。そこで男たちを迎えることになる。部屋のドアは取っ払うから、トラブルがあったらすぐに大声を出してくれ。一応、口を塞《ふさ》がれた時の用心《ようじん》として椅子《いす》に鈴をつけておく。なにかあったらひっくり返すんだ。そうすればその音を聞きつけた俺と親父さんがすぐに救出に来る」

女たちは今までにない真剣な表情で鈴を見つめている。欲情に突き動かされた男たちを前にして、自分を守るものがあの鈴しかないことを知っているのだ。

「それじゃあ、実際の仕事の説明に移ろう。俺を客に見立てて接客するんだ。誰か、最初にやってみる希望者はいるか？」

誰も手を上げない。仕方ない。俺はシャーリーを指名する。泣く子も黙るおっぱい順である。彼女も半《なか》ば予想していたような顔をしている。

俺はシャーリーと並んで立つ。

「まず客が上着を着ていたらそれを預かってここにかける。そして世間話なんかをしながら椅子に座らせる。客が椅子に座ったら、ぱふぱふだ――どうだ、簡単だろう？」

「あらあら……申しわけございません。全然わかりませんでしたわ」

シャーリーはおっとりと首を傾げながら言う。仕方ない。やっぱり実技指導が必要だな。

俺はシャーリーに頭を下げた。

「わかった。じゃあ、実際にやってみよう。ただ最初に謝っておくが、俺は無一文《むいちもん》だ。金は後で払うから、今はそのおっぱいを貸してくれ」

「あらー？　私、教えてもらう立場なのに店長にもお金をもらえるのでしょうか？」

「そうだ。君たちのおっぱいは商品だ。タダで触らせるな。俺にも、親父さんにも。絶対にだ。もし店でタダで触ろうとするやつがいたらすぐに俺たちを呼ぶんだ。みんなも、これは重大なことだから、絶対に守るように」

いまいち理解していないシャーリーとその他の娘に俺は釘を刺した。

胸くらいならタダで触ってもいいだろう――そう思われたら、この商売は成り立たない。だから、これは鉄の掟《おきて》として客に――そして店員たちにも理解させる必要があった。

「自分のおっぱいを商品だと自覚し、決して安売りしないように。でもシャーリーには本当に申しわけないが、今は目をつむってくれ」

「それは構いませんが……では、私は店長のお膝に乗ればよろしいのですか？」

「うむ。カモーン」

俺は椅子に座り、シャーリーを手招く。

長椅子は本来ならば三人は余裕で座れるだけの長さがあるが、シャーリーは俺に密着するように座らせた。そして自分の両足を俺の膝の上に乗せ、首に腕を絡めさせる。俺は片手でシャーリーの背を抱く。ふわふわの長い髪が俺の指に絡まり、シャーリーの着ている服越しにも彼女の体温が感じ取れる。

俺とシャーリーは、あとちょっと近づけばキスしてしまう距離で見つめあった。

「……そういえば、この世界——いや、ここらに歯医者はあるか？」

「歯医者ですか？　……いいえ。虫歯があまりに酷いようだと、普通のお医者様がやっとこで引き抜いてくださいます」

「それって痛いのか？」

「そうみたいですねえ……あまりに痛いから、みんな限界まで医者には見せません」

歯科技術が発達していなかった時代、虫歯は決して無視できない病気だったという。そして虫歯はキスで感染するのだ。俺は決断した。

「よしわかった。ぱふぱふ屋はキス厳禁だ。君たちは上半身といわず、もう胸だけ。男に許すのはおっぱいだけにします」

「はあ……よくわかりませんが、店長がそう仰《おっしゃ》るなら……」

俺はシャーリーに指示して体勢を変えさせる。

今までは横抱きのような姿勢だったが、今度は正面から抱きあう形になった。

シャーリーは両足で俺の両足を挟み込むように座る。そして彼女が膝立ちの姿勢を取ると、俺の目の前に大きなおっぱいが来る。

「これは——なんて言うか、凄い体勢ですねえ……」

シャーリーが顔を赤らめている。彼女と俺の顔は近すぎて、目をそらそうとしても、どうしても俺の顔が視界に入ってしまうのだ。

俺の首の後ろに回された彼女の腕が、ぎゅっと緊張するのがわかった。

「それじゃあ、シャーリー。ここからが本番だ。おっぱいを俺の顔に押し当ててくれ」

「えっと……」

もじもじとシャーリーが身じろぎする。そのたびにシャーリーの立派な胸がぷるんぷるんと俺の目の前で揺れる。その魔技《まぎ》に俺は思わず唸《うな》り声を上げた。

「いい焦《じ》らしだ、シャーリー。正直、堪《たま》らない」

「いえ、焦らしているわけではないのですが……あの、最初は店長から、その……なさっていただけませんか？」

どうやら怖気《おじけ》づいていただけらしい。俺はシャーリーにきっぱりと告げた。

「駄目だ」

「ど、どうしてでしょうか？」

「あのなあ……女の子のほうから男の顔におっぱいを押しつけてくれるからいいんじゃないか。男からがーっといくんだったら、それは普段と同じで、夢がない」

「そ、そういうものなのですか？」

「うむ。そういうものなのだ。だから早く。ほらほら」

「うう……」

おっぱいは――じゃなかった、シャーリーは顔を真っ赤にしてぷるぷる震えている。

「なんだよ。簡単だろ？　ちょっと胸を突き出せばいいんだから。そら、勇気を出して。君の胸はどこに出しても恥ずかしくない代物《しろもの》なんだから」

「と、とても恥ずかしいですぅ……」

「いや、恥ずかしくない！　こういうのは最初の勢いが肝心なんだよ。あんまり考えずに勢いでぽよんといこう。ぽよん、と」

だがシャーリーはなかなか踏ん切りがつかないようだ。

このままでは困る。シャーリーの体温とか柔らかな太ももを楽しむのもいいが、さすがにこれでは商売にならない。俺は説得を続ける。

「わかった。じゃあ掛け声にあわせてみよう。それならいけるだろ……じゃあいくぞ。そーれ、ぱふぱふ、ぱふぱふ！」

「わ、わ。な、なんですかその掛け声って！　余計恥ずかしいですよ！」

「いや、恥ずかしくない……でも、なんでだろう。俺だけだからぱふぱふパワーが足りないのかな……よし、そこの汚物を見るような目で待機している四人も一緒に声を出すんだ。言っとくが、これも仕事だからな。いくぞ……あ、そーれ、ぱふぱふ！　ぱふぱふっ！」

「「「「ぱ、ぱふぱふ……」」」」

やる気のない四人の声が俺に追従した。俺は四人をさらに煽《あお》る。

「声が小さい！　そんな小さな掛け声じゃシャーリーの大きな胸は動かないぞ！　みんなもっと自信を持って！　……そーれ、ぱふぱふ！　ぱふッぱふッッッ！」

「「「「ぱふぱふ！　ぱふぱふ！」」」」

「――わあ、なんだかみんながヤケクソに……ど、どうしましょう。全方向から恥ずかしくなってきました……」

かつてないレベルでシャーリーがおたおたする。

……実は、さっきから彼女が逃げようとするたびに、俺の頬とか額におっぱいが当たっているのだが、そんなことにも彼女は気づいていないようだった。

ぱふぱふはあくまで女性の自発的な行動でなければならない。俺は掛け声を続けた。

「ぱふぱふ、ぱふぱふ！」

女たちの声もそれに続く。

「「「ぱふぱふ、ぱふぱふ！」」」

「うぅ……」

シャーリーも逃げ場がないと悟ったのか、涙目で俺の顔を覗き込んだ。

そして──

「ぱ、ぱふぱふぅ……ううぅ……」

ようやく、その立派な胸で俺の顔にぱふぱふするのだった。

◈×◈

「さて、これで全員がぱふぱふし終わったな」

結局、あの後俺は全員にぱふぱふの実技指導をすることになった。

あれだけシャーリーの痴態を見せつけられた後に他の四人を放置しておくわけにはいかなかったのだ。客の前であんなにおたおたされたらとんでもないクレームになってしまう。

「夕飯後に仕事開始だ。親父さんが夕飯を作ってくれる。できたら呼びに来るから、それまでみんな休んでおけ」

俺は五人分のぱふぱふ代が借金として増えたことに頭を抱えながら一階に下りた。

薄暗がりの店内で、親父さんが鍋をかき回している。

「よう。随分楽しそうだったじゃねえか」

「ああ、楽しかったよ。ぱふぱふは楽しい。だから商売になるのさ」

俺は満面の笑みで答える。親父さんはなにかを探るように俺の顔を覗き込んでいた。

「……？　どうした、俺の顔におっぱいの跡でもついているのか？」

「いや、そんなもんつかねえだろ……だが、でっけえ鎖《くさり》が巻きついてはいるな」

親父さんの言葉に首を傾げていると、「ほら」と巻物を掲げてみせる。

俺は一応それを受け取って目を通すが——まあ、なにが書いてあるかわからない。言霊のおかげで言葉が通じるのに文字が読めないって不思議だなー、なんて考えていると、

「借用書だ。とんでもねえ金額で、一ヶ月後までに支払えなかったらおまえの滞在査証が剝奪《はくだつ》されて、ポポールってやつの奴隷になることが明記されてやがる。天使の誓約《せいやく》もあるから、たとえ地の果てまで逃げたって約束を反故《ほご》にはできねえぞ」

「……それでも、随分値引きしてもらったんだ。なにせ処女五人の一括購入だからな」

俺がシャーリーたちを引き取ったのは、自分を担保にしたからだ。

奴隷商の前で、俺は次々に奴隷を売りさばいてやった。有能な人物であることをアピールし、自分の価値を高める必要があったからだ。

おかげで、男よりも値段が高い女奴隷を五人も買えた。ポポールとかいう髭面の奴隷商

はそれだけの価値を俺に見出《みいだ》したのだ。

女の奴隷は必ず処女かどうかの検査を受けるらしい。性病が蔓延《まんえん》している世界だから、処女であることは病気の心配がないことを意味する。処女はそれだけで値段があがる。

万一にも借金を返すだけの金を稼げなかった場合は、ポポールに再度シャーリーたちを売りつけることも約束済みだ。その際にまだシャーリーたちが処女であった場合は高く買ってもらえる。彼女たちの処女を守ることは俺にとっても保険となるのだ。

最悪の事態になっても、シャーリーたちを返すだけで俺は奴隷に落ちないで済むかもしれない。そんなことせずに俺はシャーリーもミミも全員を救ってやるだけの金を稼ぐつもりだが、まあ保険の一つくらいは打っておいてもいいだろう。

「なんでそこまでする。おまえは滞在査証があるだろう。その期限が持つ五年間は人頭税を払わなくて済む。自分の食い扶持《ぶち》くらい、おまえさんなら簡単に稼げるはずだ」

「？　なに言ってんだ。ミミと親父さんを放っておけるはずないだろ？」

親父さんがなにを言っているのかわからない。

だが、親父さんも俺のことを理解できないものを見る目で見つめている。

「――それだけ義理堅い男が、娼館の経営をするのか……」

「ははっ、親父さん。だーかーらー、ぱふぱふ屋だっての。娼館じゃないよ」

そこでふと気づく。ぱふぱふ屋は言わば職種であり、店名ではない。【猫の爪痕亭】は食堂の名前だから使えない。なにか別の名前を考えなければならないのだった。

「えーと、ぱふぱふだから……そうだな。ぱふぱふ屋【マジック・ドラゴン】でいこう。竜の強そうなイメージと柔らかなおっぱいの対比が際立ってるしな。親父さん、後で看板作っておいてくれ」

「それはいいが……なんだ、マジック・ドラゴンって？」

「俺の龍太郎って名前は、ドラゴンって意味なんだよ。あとはまあ、そんな歌があったりするけど……こっちじゃ知名度ゼロだな。まあ、いいか」

屋号《やごう》が決まると俺は親父さんに女たちのことを任せ、一人外出することにした。

開店前に筋を通しておくところがあるのだ。


太陽がぼんやりと赤みを帯びてくる時間帯だ。先日、一晩だけ働いた娼館に行くと、奴隷らしい女が店の掃除をしていた。

「店主に会えるか？　龍太郎が来たと言えばわかるだろう」

まだお店は開いてませんよ、と言いたげな奴隷に対して少し語気《ごき》を強めて言う。この世界で奴隷はすぐに殴られたりするので、上からの言葉にとにかく弱いのだ。

「よう龍太郎！　会いたかったぜ！」

しばらくすると、丸顔の店主が現れた。

「また戻ってきてくれたのか？　大歓迎だ。あんたがいないと、女たちの股ぐらに蜘蛛《くも》の巣が張っちまいそうだぜ、がはは！」

店主は親しげに俺の肩を抱いて店内へと導いた。店内には寝ぼけ顔の娼婦がうろついており、俺を見て愛嬌を振りまいてくる。俺はそれに手を振り返しながら店主に言う。

「いや、悪いが報告に来たんだ。俺も商売を始めるんでね」

俺のその言葉に、店主はぴたりと動きを止める。それからドスの利いた声で「娼館か？」と尋ねた。俺は首を振った。

「それだったら勝手にあんたの店の客を横取りしてたさ。そうじゃない。あんたにも利益のある話だから、聞いてほしいと思ったんだ」

俺はぱふぱふ屋についての説明をする。

男たちに一時《ひととき》の夢を与える女の仕事――それは娼婦とは似て非なるものだ。男の欲望を煽り立て、しかし決して満足させず、だから娼館の客を奪うことにはならない。むしろ、今まで娼館に寄りつかなかったような新たな客まで呼び込めるはずだということを俺は店主に伝えた。

「……龍太郎の話だからな、信じてやりてえが、どうしてもわからねえ」

「わからないってなにがだ？　ぱふぱふの語源なら俺も知らんぞ」

「そんなん知りたくねえよ！　――じゃなくって、わざわざ俺に筋を通しに来た理由だよ。

ぱふぱふ屋？　勝手にやればいいだろ。おまえは俺の子分でもなんでもないんだから」

「いや、そりゃそうだけど……さすがに店主の許可がないと無理だろ？」

俺は腕組みしながら店主の丸い顔を眺め、その理由を伝えた。

「だって、俺は今日、この店の中――まさにこの場所で客引きするつもりなんだからな」

「はあ⁉　ここって……なに言ってんだおまえ！」

それから店主は間抜け面のまま、しばらく口を閉じることがなかった。

◈×◈

陽《ひ》が完全に落ちると俺たちと娼婦の時間だ。

がやがやと喧《やかま》しい店内で、俺は暇を持て余していそうな男に話しかける。

「ちわーっす、勇者殿。暇そうだな。待ってる間、別の店で遊ばないか？」

「はあ？　……なんだよ、あんた客引きか？」

長髪の男は信じられない、という顔で俺を見ている。それはそうだ。別の娼館の客引きが店内に潜り込んでいて、しかも客を横取りしようとしているのだ。バレたら袋叩きでは済まされない。

「いいんだよ、俺は特別。店主の許可だってもらってる」

俺は奥でふんぞり返って酒を飲んでいる店主に手を振る。丸顔の店主はそれに気がついて、「おおっ」と機嫌よさそうな声を上げるのだった。

「龍太郎。また客が取れたか？　いいぞ。お客さん、あんたの番はきちんと確保しておくから、龍太郎に連れてってもらえよ。天国の一歩手前までだがな――がはは！」

店主の言葉に男はますますわけがわからないという顔をする。

俺は「まあまあ、騙されたと思って」と男を押し切り、店の外に連れ出すことに成功した。そして我が愛するマジック・ドラゴンに案内する道すがら、男にぱふぱふ屋のシステムについて説明した。

「……というわけで触っていいのは胸だけ。胸は自由に揉んでいいけど、まずは女に自由にさせておくのをお勧めするね。うちの娘は粒ぞろいだ。あんたが見たことない世界を見せてくれるぜ？」

俺の言葉に男はまだ半信半疑だった。

「値段は三十ダラー？　娼館と比べれば安いけど、胸を触るだけでその値段は高いぞ」

「まあ考えてみろよ。あんた、娼館で待ってる間に酒を何杯飲む？　三杯か四杯か……どうせ二十ダラーくらいは使っちまうんだ。それに十ダラー加えて、女神に会えるんだぜ。こんな有意義な時間の使い方はないと思うけどな」

そして俺たちはとうとうマジック・ドラゴンに到着した。

ドアを開けると、甘い声が俺たちを出迎えた。

「いらっしゃいませえ」

シャーリーが長い髪を揺らしてお辞儀する。

「お。うちで一番おっぱいが大きい娘の番だ。お客さん、運がいいねえ」

「……まあ、確かにでかいな」

男は鼻の下を覗き込んでシャーリーの胸元を見つめている。その視線に気がついて、シャーリーは「あらあら」と両手で胸元を隠してしまった。

シャーリーの腕でぷにっと胸が押しつぶされ、余計に扇情的な姿となる。

「……三十ダラーだな」

「毎度あり」

男から銅貨を受け取ると、俺はシャーリーを手招きした。

「それじゃあ、よろしくお願いしますねー」

「あ、ああ……」

にっこり笑いながらシャーリーは男の腕を取る。普通の娼婦だったら客は嬢の肩を抱いたり、胸を触ったりといちゃついていい。だがシャーリーはそれをやんわりといなす。ただ、手を繋ぐだけだ。その距離感が恋人のような、子供時代の幼馴染と遊んでいるような、不思議な気持ちに男を誘う。

「この蠟燭《ろうそく》が消えたら時間だ。それまでの間、楽しんでくれ。酒が欲しいなら運んでくるけど、どうする？」

男は酒を注文しなかった。もうシャーリーのことしか見ていなかったからだ。

「それじゃあ、ごゆっくり」

俺はそれだけ呟いて、階下へと足を向けた。

それから十五分ほどすると、先程の長髪の男がシャーリーと連れ立って下りてきた。

「どうだった？」

俺が感想を聞くと、男はだらしない笑顔を浮かべた。

「なあ、もう一回いいか？　その……どうせあっちの店はまだ待たされるだろうし――」

「ああ……悪い。シャーリーなら、もう次の客がいるんだ。ほら、見てくれ」

俺が指差すほうには、薄暗い店内で酒を呷《あお》る数人の男たちがいた。長髪の男は驚いて、

「さっきまで誰もいなかったのに……」

「まあ、さっきは開店した直後だったからな。これからもっと混んでくるぜ。どうする？順番待ちするか？」

「えっと……どうしようかな……」

男は迷った顔をするので、俺はアドバイスしてやることにする。

「あっちの店のほうが先約なんだ。うちにはまた明日にでも来てくれよ。娼館に毎日通う

と金がかかるが、うちくらいの値段なら大丈夫だろ？」

「ああ……そうだな……そうするか……」

男はそう言ったが、どこか名残惜しそうにしていた。

それからシャーリーに向かって、「また来るよ」と手を振り、店から出ていく。

——作戦は大成功だった。娼館の待ち時間を利用した客引きで、性欲の高ぶった客を集める。男たちは欲望を解放できないことに最初は不満を感じるが、やがてぱふぱふの魔力に絡めとられる。

いつの間にか新規の客を店に引っ張ってくるよりも、ぱふぱふ屋に残りたがる客を説得して娼館に戻すことのほうが手間になってきた。

俺は一階の客に「準備するからもうちょっとだけ待っててくれ」と言い残し、シャーリーと二階に上がった。

薄暗い部屋に入り、俺は蠟燭を灯《とも》した。ぼんやりとした光に、シャーリーの紫色の髪の毛が照らし出される。

俺はシャーリーと並んで長椅子に座り、仕事の感想を聞いてみることにした。

「どうだった、シャーリー。何人くらい客を取った？」

「……詳しくは数えていませんが、十人くらいでしょうか？」

「そうか。大変か？」

「最初は……その、恥ずかしかったのですが、だんだん慣れてきました。それによく考えたら家でも弟たちに似たようなことをしていましたから――」

「え、弟におっぱい吸わせてたのか？」

「違いますぅ……そうではなくてですね、こう、頭を抱えて辛いことを聞いてあげたりするといいますか……最初は私の胸を嬉しそうに揉んでいた男の人たちも、最後はほとんどお喋りばかりするようになります。自分の昔の話とか悩みとか、そんなお話です」

それを聞いて安心した。シャーリーは胸が大きいだけでなく、セクキャバ――じゃなかった、ぱふぱふ嬢としても素晴らしい才能を持っている。

「それでいいんだ、シャーリー。君は男を癒やす空気を持っている。さっきの男は間違いなく明日も来るぞ。笑顔で迎えてやってくれ」

「はあ……でも店長、これで本当にお金を稼げているのですか？」

「大丈夫だ。シャーリーたちのおかげで、うまくいきそうだよ。まだ初日だが、この調子でいけば君たちも奴隷に戻らずに済みそうだ。だから、この調子で頑張ってくれ」

それは嘘でも慰めでもない。

「シャーリー、一つ話を聞かせてやろう。俺のいた世界の北ローデシアというところで実際にあった裁判の話だ。ある男が妻から訴えられた。理由は妻が寝ている間に勝手に乳房を吸ったこと。判決は、なんと有罪。たとえ夫婦の仲だとしても、女性の乳房を吸うことは幼児退行の兆候であり、また魔術的な意味が強かったからだ」

つまりおっぱいを吸うことは本来、それだけ意味の大きなことなのだ。おっぱいをセックスの前菜と考えているやつらには決して理解できないだろうが、このマジック・ドラゴンではおっぱいより後に道はなく、おっぱいより先に道はない。おっぱいが全てで、おっぱいに全力を尽くすことが男たちには求められているのだ。

「汝《なんじ》が深淵《しんえん》を覗き込むとき、深淵もまた汝を覗き込んでいる。男たちが全力でおっぱいと向きあうことは、つまり自分たちがおっぱいと同化する作業にも等しい。おっぱいは素晴らしいものだ。この誘惑に耐えられる男は——いない」

「はあ……正直に申しますと、説明を聞いても店長の仰ってることが、さっぱりわかりませんでしたわ。ごめんなさいねぇ」

「うむ。まあ女性にはわかるまい。だが、それでもいいんだ。君は気にせずぱふってくれればいい。さあ、行こう。次の客が待ってる……」

まだ不思議そうに俺のことを見つめているシャーリーを伴って、俺は一階へと戻った。

夜は始まったばかりだ。

シャーリーたちにはもう少し頑張ってもらわなければならない——

「よう、店主」

だが階下へと戻った俺たちを出迎えたのは、剣呑《けんのん》な目つきの偉丈夫《いじょうふ》だった。

「ちょっと話を――聞かせてもらいたくてな――邪魔してるぜ」

このあたりの元締めだというシグルドが、俺を待ち構えていたのだった。

◈◈×◈◈

飽会《ほうかい》というのがその正式名称らしい。

裏社会を牛耳ってる組織ってのはどの世界でも似たようなもので、要は暴力を商売道具にしている連中の集まりだ。

この世界に銃はないが、魔法がある。使える人間はおよそ一割ほどで、それもほとんどは役に立たないレベルらしい。だが、それでも国家の重要人物の護衛などは必ず魔法使いだ。強力な魔法は、とても一般人が太刀打《たちう》ちできるものではないらしい。

ルーシアも魔法を使う。身体強化だ。彼女は、だから普通の剣士が十人束になってもかなわない実力を発揮できる。

しかし、シグルドは魔法使いではなく、剣の腕だけでのしあがった男だという。俺と同じくらいの若さで、飽会のボスをやっている。

確かにシグルドのがっしりした体つきは見る者を威圧するが、よく見ると顔もしゅっとしていて、服の上から見た限りだとちょっといかついイケメンにしか見えない。

それが自分の腕の三倍くらいの幅がある大剣を片手で担いでいる。ここまでくると、むしろどうでもいい。俺はどうせシグルドの取り巻きのチンピラにだって勝てない。

「てめえさっきからなにスカしてんだ——あぁ？」

その俺が絶対に勝てない取り巻きが凄んでくるが、俺は怯《ひる》まない。「別にスカしてないっすよ。ただビビってるだけです」と言いわけをすると、チンピラは「それならいいんだよ、てめえ」と大人しくなった。いいんだ。これで。

「俺には——よく、わからねえ——な」

野太い声に周囲の空気が一瞬で引きしまる。

シグルドが、とんとんと、自分のこめかみを指で叩いている。

その様子を二階からシャーリーたちがこっそりと覗き見している気配があった。

現在、この店に残っているのは俺たち店員とシグルド、そして二人の取り巻きだけだ。客は全員帰ってしまった。シグルドがぶち切れているのを見て、逃げ出したのだ。くそっ。今日の稼ぎはもう絶望的だ。せっかく幸先《さいさき》のいいスタートをきれたというのに。

「おまえの説明通りの——商売なら、それで——稼げるとは思えねえ——」

奇妙に文節を区切りながら、シグルドは鋭い目つきを崩さない。

「そして——だからといって、この街で——娼館を開いて俺たちに話を——通さないのは、許されねえ——」

「……娼館ではありません。ぱふぱふ屋です」

俺が口答えすると、チンピラの一人に胸ぐらを摑まれた。

「ああ？　てめえ！　飽主《ほうしゅ》の言葉が間違ってるってのか！」

首を締めつけられ、呼吸が苦しくなりながら、俺は昔、全国チェーンのパチンコ屋で新店の店長を任された男から聞いた話を思い出していた。

暴力団排除条例が施行され始めた頃、新店を出すにあたり、せっかくだからヤクザと縁《えん》を切ろうとその男は考えた。当然ヤクザは切れた。開店の際にはトラックが何十台も乗りつけてきて、パンチパーマの連中がオープンしたての店内にツバを吐きまくった。俺に話をしてくれたその店長は、自宅を突き止められ、散々嫌がらせをされたらしい。

でも、そのパチンコ屋はヤクザに決してみかじめ料を支払わなかった。ヤクザを許さないという正義感——からではなく、単純に、金を払うのが馬鹿馬鹿しくなったのだ。

嫌がらせは続いたが、よく考えたらこの程度なのだ、と。

毎月莫大《ばくだい》なみかじめ料を支払い、そしてそのたびにヤクザにぺこぺこ頭を下げるのもストレスが溜まる。ヤクザなんてつきあうだけで嫌がらせみたいなもんだ。それなら、いっそ金を払わないほうがいいという単純な比較だった。

「いやあ、意外となんとかなるもんだよ。あははっ」

そう言ってそいつは陽気に笑っていたけど、でも、しばらくしたら見なくなったんだ。

どうなったのかは知らない。

シグルドは、間違いなく俺の世界のヤクザよりもヤバい。飽会のルールに従わなかった俺を、この場で斬り捨てるくらいやる男だ。

だから俺は言った。

「シグルドさん、試しにうちで遊んでみませんか？」

「――あ？」

「だから、口で説明してもぱふぱふのよさがわからないなら、実際に遊んでみませんかって言ってるんで――」

鋭い音がする。床に飛び散った破片を見て、皿が割れたのだとようやく悟る。

チンピラが、テーブルを蹴り倒していた。

「てめえ！　飽主は娼婦といったら蒼墓楼のフローラ姉さんに決めてんだよ！　生意気な口きいてんじゃねえぞ！」

今にも殴りかかってきそうなチンピラに負けじと、俺は大声を出した。

「ぱふぱふ屋は娼館じゃないって言ってるだろ！　情交とは違う！　フローラさんの顔に泥を塗ることはないんだ！」

言い終わるが早いか、俺は殴られた。

一発、二発、三発……それ以降は数を数えるのをやめた。女たちの悲鳴が聞こえる。

「まあ、待て――」

俺の体でサッカーの練習をしていたチンピラをシグルドがようやく止めてくれる。俺はサッカーボールというよりすっかり芋虫《いもむし》の気分だ。固く丸まるのが唯一の防御。

「おまえ、まだ――」

シグルドが俺の顔を覗き込んでいる。見るも恐ろしい大剣を俺の顔のすぐ横の床にぶっ刺して杖《つえ》代わりにしている。くそっ。怖ぇ。

「――なにか、言いたいこと――あるか?」

「……っ、ああ。試していってくれ。うちのぱふぱふは、最高だ」

誰かが息を飲むのがわかった。

俺の言葉に、シグルドは短く「いいだろう」と答えた。

◈×◈

すっかり客がいなくなったので、五人の娘を並べてシグルドの前に立たせた。

「誰でも、好きな娘を選んでくれ」

俺の言葉に、しかしシグルドはどこを見ているのかわからない目で、ぼうっと突っ立っているだけだった。

「ひっ……」

一番幼いリゼットが、シグルドの威圧感に耐えきれず、シャーリーのスカートの陰に隠れようとしている。シャーリーも緊張しているようだが、「大丈夫よ」なんて声をかけているあたり、まだ余裕がありそうだ。

だがそれ以外の三人の娘はリゼットに負けず劣らず萎縮《いしゅく》してしまっている。このままでは普段通りのサービス——と言っても今日が初日だが——を提供することができるか不安だった。

「あのぅ……」

俺が迷っていると、シャーリーが一歩足を踏み出した。リゼットが行くなとスカートの裾《すそ》を摑んでいるが、彼女はそれを優しく振りほどいて、

「よろしければ、私がお相手しましょうか？　その……私、この中で一番大きいので」

と、声をかける。

シグルドはなにも言わない。シャーリーの声が聞こえていないように、彼女には目もくれない。シグルドはなぜかリゼットのほうをじろりと睨みつけているのだった。

「あうぅ……」

リゼットは、ぽろぽろと涙をこぼしている。シグルドは身じろぎもせずにリザットの様子を眺めている。駄目だ。シグルドがこれでリゼットを指名したらどうしようもない。

しかし、シグルドは、ふっと笑ってから、

「――いいだろう。おまえで――」

と、シャーリーに視線を移したのだった。


「……ふう」

シグルドとシャーリーが二階の部屋に行き、取り巻きたちも護衛のためにその部屋の前に突っ立っている。

それでシャーリーにはすまないが、俺たちは一階でようやく一息つくことができた。

「店長、大丈夫？」

サナが俺の顔を覗き込む。大丈夫なわけない。口の中も切れているから、必要なこと以外喋る気にもなれない。俺は無言で手を振った。

「うえぇーん……店長ぉ、怖かったよぉ……」

リゼットは先程から俺の腹のあたりにすがりついて泣きじゃくっている。まあ怖がるのは仕方ないけど、そこ一番殴られた場所なんだよ。間違いなく痣になってるし、下手すると骨折れてるかもしれないから勘弁してほしい。

だがそんなことを言う気力もない。俺は床に寝そべったまま、目を閉じた。

「……馬鹿」

誰かが腫れあがった俺の顔に濡れタオルを乗せてくれる。最初は傷口に染みたが、慣れてくるとひんやりと気持ちいい。俺は片手を上げて礼を伝える。

だが相手はそれを勘違いしたのか、俺の手を握りしめるのだった。

「ねえ、龍太郎。やっぱりこんなことやめようよ」

ミミだった。マジック・ドラゴンの開店に反対し、部屋で拗《す》ねていたはずのミミが、シグルドを恐れてか一階に下りてきていたのだ。

彼女は俺の傷口を拭いて、包帯を巻き、丁寧に看病してくれている。恐らくは最初の晩もこうして彼女に介抱された。俺はまた借りを増やしてしまっている。

「食堂だけでやっていけるよ。そりゃあ、酔っ払いが喧嘩することはあるけど、飽会の人たちに殴られることなんてないんだよ。龍太郎が殴られることなんて、ないんだよ――」

切々と語るミミの言葉は、俺の胸に春の雨のように優しく降りそそいだ。

多分、ミミは父の食堂を守るためではなく、俺のためにと思ってこの提案をしてくれている。店が火の車なのに、見ず知らずの男を拾ってきてしまうようなお人好しなのだ。

「大丈夫だよ、ミミ。殴られるのは、これが最後だ」

喋ると血の味がした。くそっ。俺は喋りで生きているのに、酷いことしやがる。

「シグルドもわかってくれるさ。あいつだって男だからな……」

「――いや、おまえはシグルドを甘く見過ぎだな」

親父さんが消毒用の酒を持ってきてくれる。俺は親父さんに続きを促した。

「あの若さで飽会の頭《かしら》ってのは、飾りなんかじゃねえ。あの大剣は龍だって斬ったことがある業物《わざもの》だ。シグルドはキレるとなにをやらかすかわからねえ恐ろしさがあるが、それ以上に冷酷だ。自分の敵を徹底的に排除してきたから、今のあいつの地位があるんだ」

「……ぱふぱふ屋はあいつの敵にならない。おっぱいは誰も傷つけない武器だからな」

俺がそう言うと、親父さんはため息をつきながら首を振る。いくら説得しても無駄だと悟ってくれたらしい。

俺も親父さんにそれ以上説明するつもりもない。代わりに、俺の腹の上に上半身を投げ出すようにして泣いているリゼットに声をかけた。

「リゼット、もう泣きやめ」

「だって、だってぇ……」

「わかった。でも俺から離れろ。気づいているか？　さっきから胸が当たってるぞ。俺、そんな金ないって知ってるだろ？」

「お、お金なんかいいからぁ……店長ぉ……」

「よくない。最初に説明したろ？　店員でも誰でも、おまえたちに触る時は金を払うんだ……おい、トーラ」

俺が呼びつけると、トーラはすぐに意図を察した。リゼットの手を優しく取って、「店長は怪我してるんだよ。触るんじゃないよ」と上手に引き剝がしてくれた。

それからしばらく俺は放っておかれた。

リゼットを引き剝がしたことにより、トーラたちが俺に不信感を覚えたらしい。四人でひそひそと囁《ささや》きあっている。ミミは心配そうに俺のことを見ていたが、どこか恐ろしいものを見るような怯《おび》えがその視線の奥に潜んでいる。

俺は女たちにとっては理解不能の異物なのだ。でもいい。そうじゃないと、怪物と対等に渡りあえない。俺は俺のルールを守り通さなければならないのだ。

蠟燭の火が消えたのだろう。怪物が静かな足音と共に階段を下りてくる。

「……よう、どうだった、シグルドさん？」

俺は痛む体に鞭打って起き上がろうとする。見かねたミミが手伝ってくれて、俺はなんとか立ち上がることができた。

「――ふん」

シグルドは俺の目をじっと覗き込んで、実につまらなそうな表情をしている。

「――娼館とは確かに――違ったな。ここは」

「そうだろ？　気に入ったか？」

運命の一瞬。こいつの鼻息一つで俺なんかぺしゃんこに潰されてしまう。

リゼットがまた泣きそうな声を上げた。

「——」

シグルドはそちらにちらりと目を向けてから、黙って歩きはじめる。

一瞬、空気が緩むのを感じた。シグルドが俺たちの店を黙認したのだと、誰もが確信したことだろう。これで恐怖は終わったのだと。

——だが、俺はまだ終わりにするつもりなんてない。

「待てよ。なにか忘れちゃいませんか？　——金を払ってくれ、お客さん」

ぴたり、とその足が止まる。

外はすっかり夜になっていて、月明かりが差しこむ入り口の近くで、裏社会のボスがゆっくりと振りかえる。

「ここは、まるで——ガキの遊び場だ——こんな場所から金を——むしったら、飽会の——名がすたる——」

「知らないね。あんたがみかじめ料を取る取らないとは別に、俺はここの店長だ。俺の店で女の子をタダで触らせるわけにはいかない。金を払っていってくれ」

「——見逃してやる——そう言ったつもり——だったが、わからなかった——か？」

「関係ないね。あんたの事情と、俺の事情は無関係だ」

「ちょ、ちょっと、龍太郎！」

ミミがすがりついてくる。だが構っていられない。俺はシグルドから目をそらさない。

蒼《あお》い瞳が、俺を見すえている。

大剣を肩に担ぐようにして、緩やかな足取りでやつは俺に近づいてきた。

「……っ」

その迫力に押されて、ミミがたじろぐ。しかし、彼女は俺を支える手を決して放そうとはしなかった。ミミが俺に顔を近づけ、涙まじりの声で懇願《こんがん》する。

「龍太郎、いいから引いて。「意地を張ってもなにもいいことなんかないんだよ。なんにこだわってるかはわかんないけど――お願いだから、ここは折れてよっ」

「いいや、駄目だね、ミミ。このルールを曲げるわけにはいかない」

「どうしてっ」

ミミが叫ぶ。

俺も叫んだ。

「おっぱいはタダじゃねえからだよ！」

ミミがショックを受けた顔をしている。「真剣な話なのに……」とミミがうわ言のように呟くが、俺だってふざけているわけではない。むしろ、このうえなく真剣だった。

俺は思いのたけをぶちまける。

「こっちの世界の男どもはタダでおっぱいや尻に触りすぎなんだよ。だから猫の爪痕亭でもミミは苦労していたんだ。俺がぱふぱふ屋を成功させれば、恋人でも家族でもないおっぱいには金を払うという価値観を男どもに植えつけられるんだ。そうなれば猫の爪痕亭が復活した時にミミも楽になる。それが俺の考えるミミへの恩返しだ。金だけじゃないんだ！　俺は、女の子のおっぱいの価値を高めるために、ミミが嫌なことをされないように頑張っている！　ここでルールを曲げたら、全部が無駄になる！」

シグルドがすぐ近くにいる。きっともう、やつの剣が届く距離だ。

それでも、俺はミミだけを見つめて言う。

「ミミ、俺はおまえに助けられた。今度は、俺が助ける番だ」

「……馬鹿」

ミミは小さく呟いて、俺の胸に顔を預けた。

殴られた場所が熱を持って、俺はふらふらだった。ミミのひんやりとした肌の感触が、油断すれば意識を根こそぎ持っていきそうなほど気持ちよかった。

「――」

ごとり、と音がした。

シグルドがテーブルの上に布袋を置いていた。

「――邪魔したな。迷惑料だ――」

「……いや、毎度あり」

俺は笑った。なんとかシグルドに金を払わせることに成功したのだ。

賭《か》けに勝った気分だった。だが、これで終わりではない。

「リゼット」

俺は客商売だ。客を打ち負かしても、悪い気分のまま帰してはいけない。

シグルドとこれで縁を切るつもりなんてなかった。だから、リゼットに言う。

「シグルドさんに謝れ。さっき、おまえ、怖がってただろ」

「え……」

リゼットが驚いている。だが、俺は決してルールを曲げるつもりはない。

「シグルドさんはおまえを殴ったわけじゃない。たとえ相手が人殺しでも、金を払ってくれた客をおまえは怖がっちゃいけないんだ。女は男をあたたかく迎えいれてやる義務がある。それでこそのぱふぱふ屋だ。だから、今回のことはおまえが謝るんだ」

「えっと……」

泣きそうなリゼットの背中を、いつの間にか戻ってきていたシャーリーがぽんと叩いた。

シャーリーは笑っている。その笑顔を見て、リゼットは決意を固めたようだった。

「――さっきは、泣いちゃってごめんなさい」

「――……いや――」

シグルドは頭を下げるリゼットに手を差し出そうとして、ふとその手を止めた。

「これも――金がかかるんだった――な――」

不自然に伸ばされた手は、もしかしてリゼットの頭を撫《な》でようとしていたのだろうか？

俺にはわからない。とにかく、今のシグルドからはあの恐ろしい殺気が消えている。

「――ところで――」

シグルドが俺のほうに鋭い目を向ける。

「おまえは、さっきから――その女に触っているが、金を――払うのか？」

「……いや、俺はミミの家族だ」

小さなミミの頭を俺はぎゅっと抱きしめた。

「だから、金は払わなくていいんだ」

「ふっ――」

シグルドは、微《かす》かな笑いの気配を残して、今度こそ出ていった。

背中越しに「わけのわからん――やつだ」と言って、彼は夜の闇へと消えていく。

「ねえ、見てこれ――」

薄暗い店内で、誰かが歓声をあげた。

シグルドが置いていった袋の中に、銀貨がたっぷり詰まっているのを見つけたのだ。数えてみると、それは一日の売上として十分すぎるほどの金額だった。

――ぱふぱふ屋マジック・ドラゴンの開店初日は、こうして幕を閉じた。

第4章 ◈ 手か胸

この世界には冒険者という職業がある。

町や村の近隣に出没する魔物が畑を荒らしたり人を襲ったりすると、冒険者組合に依頼が出る。その魔物を狩って報酬を得るのだ。

「シャーリーさん、じゃあ、俺頑張ってくるからね」

「お気をつけて。怪我をなさらないようにしてくださいね」

シャーリーがにこやかに手を振って三人組の冒険者を送りだした。すると、一階で待っていた四人組の冒険者たちが「次は俺だ」「いや、おまえはこの前もシャーリーさんだったじゃねえか」などと色めきたつ。

一発出すと足腰にくるから、冒険者たちは出陣前に娼館に行けない。その代わりに、ぱふぱふ屋が流行り始めたのだ。もちろん、そうするように仕向けたのは俺だ。

ぱふぱふ屋が一番忙しくなるのは夕方から夜にかけてだが、昼もどうにか客を呼び込めないかと考えた末に目をつけたのが冒険者だった。開業して一週間ほど経ったが、作戦は大成功でこの調子ならなんとか借金返済の目標額に届きそうだ。

しかし、冒険者って連中がこれほど多いとは思わなかった。

「あー、お客さんたち、騒がないでください。シャーリーだけがぱふぱふ嬢じゃないですから。おっ、トーラとリゼットが戻ってきましたよ」

俺が客をなだめていると、ちょうど二人も一仕事終えて下りてきた。だが、順番待ちをしている客は微妙な目でトーラとリゼットを見つめている。

「えっと、お客さん？　トーラとリゼットですよ？　俺のものだアピールは？」

「……いや、トーラさんってほら、なんかキリっとしてて女領主みたいだし」

「だってリゼットちゃんってほら、なんかぷにっとしてて娘か妹みたいだし」

目をそらしながらそんなことを言う。うむ。さすが胸の大きさで下から一番と二番の二人だ。リゼットとトーラのサービスは決して悪くないしそれなりに固定客もついているのだが、シャーリーと比べるとどうしても分《ぶ》が悪い。

結局、四人は誰がシャーリーにぱふぱふしてもらうかで口論を始めてしまった。どういう時、本当は後腐《あとくさ》れないように店長が決めてしまえばいいのだが、他に客もいない。俺は成り行きに任せることにして四人の冒険者たちの醜《みにく》い争いを眺めていた。すると、そこに新たな客が来店する。

「――邪魔する、ぜ――」

シグルドが店に入ってきた途端、冒険者たちの口論がぴたりと止まった。

「すぐに――入れるか――」

「あー、すみませんね。今はご覧のとおり四名様がお待ちなんですよ。だからちょっと待ってもらって――」

「いや、僕ら仲良し四人組なんで、四人同時に入りたいんですよ。ですから、もしよければそちらさんを先に通してください、店長」

俺の言葉を遮って弓を持った冒険者がそんなことを言う。残りの三人も「うんうん」と頷いている。どうやら魔物よりもシグルドのほうが怖いらしい。

まあ、先客がそう言うなら俺に文句はない。

「じゃあ、シグルドさんどうぞ。胸の大きい順にシャーリー、リゼット、トーラです」

どれでも好きな娘を選べ、と俺は手を広げる。それを見ていた冒険者たちがシグルドに見えない角度で祈りのポーズを取っていた。「シャーリーちゃんを選びませんように」という魂の叫びが聞こえてきそうな必死さだ。

そんなにシャーリーがいいならシグルドに順番を譲らなきゃいいのに。まあ、こいつらは知らないだろうが、シグルドが選ぶのは多分――

「――リゼット」

「ほいきた、リゼット。シグルドさんをご案内差し上げて」

「はーい！」

リゼットが元気よく返事してシグルドの手を取る。そこに初めて出会った時のような怯えは微塵《みじん》も感じられない。

「今日もありがとうね、シグルドさん。これで三日連続だね」

「――」

そして二人は仲良く手を繋ぎながら階段を登ってく。俺にとっては見慣れた光景だが、冒険者たちにとっては天地がひっくり返ったように衝撃的なシーンだったらしい。

「マジか？　飽主シグルドは子供好きだったのかよ……」

そんなことを呟いている冒険者に、俺は迷ったすえに忠告することにした。一応、常連客の名誉は守らなければならない。

「そうでもないですよ。だって娼館のフローラさんは大人っぽい女性でしょ。シグルドさんは単にリゼットのことを気にいってるんですよ。性的嗜好《しこう》は関係ないと思います」

「……そうなのか？」

まだ理解できていない様子の冒険者に俺は説明を続ける。

「一応、こだわるお客さんのために全員の胸の大きさは伝えますけど、俺はぱふぱふの本質は大きさでは左右されないと考えています。俺の元の世界にはナイチチという言葉がありました。乳がないからナイチチ。ぺたんこな胸を指し示す単語ですが、それは決して蔑称ではありません。一定以上のナイチチ信者を獲得していたんです。ナイチチ。それは、ぺたんこなだけで男の胸とは明らかに一線を画《かく》しています。ない胸がある。禅問答《ぜんもんどう》の悟りにも似た快感がナイチチからは得られると伝えられているのです。色《しき》、即《すなわ》ちこれ空《くう》なり。空、即ちこれ色なり。色即是《しきそくぜ》空《くう》、空即是《くうそくぜ》色《しき》……」

「なるほど……相変わらず店長はなに言ってるかわかんねえな……」

俺の説明を聞いてもまだ客はぐだぐだしている。俺はキレた。

「要するに、つべこべ言わずにトーラの胸を試してみろっての！　トーラは無愛想だが気が利くいい子なんですよ！　五人の中のリーダーは実はトーラで、誰からも頼られてるお姉さんなんだから！」

「店長……」

俺の言葉にトーラが感動していた。本当に俺はそう思っている。トーラは一番年下のリゼットより胸が小さいのを気にして、最近へこみ気味だったのだ。なんとか元気づけてやる機会を探していたので、つい客に説教してしまった。

「――ふっ、話は聞かせてもらいやしたぜ」

俺とトーラがなんだかいい雰囲気になりかけていたところに、入り口から声がかかる。

長身の剣士が、妙に気取ったポーズで立ちはだかっていた。

これまた常連客のご来店だ。俺は剣士に気安く声をかける。

「お、タウリンさんじゃないですか。いらっしゃい」

「また寄らせてもらいやしたぜ、大将」

彼はここ数日ですっかり常連になった冒険者だ。パーティを組まず、いつも一人でふらりと現れる。世間話をするわけでもないから詳しい事情は知らない。シグルドのようなヤバい雰囲気もないし、俺はただの一匹狼《おおかみ》だとしか捉えていなかった。

しかし、先客の四人組にとっては違うようだった。

「げっ、あんたは【疾風《しっぷう》の魔刃《まじん》】タウリンッ！」

ある意味でシグルドの時よりも大きな反応を見せている。その様子が意外だったので、俺は近くにいた弓使いに「有名人なんですか？」と尋ねてみる。

「有名も有名、ここらじゃ知らない冒険者はいないよ。剣を抜く速さが見えないからついた枕名が疾風の魔刃だ。そして、喧嘩っ早いことでも知られていて――」

「おやおや？　あっしは耳もいいんですぜ。喧嘩っ早い相手の前で噂話たぁ、ちっと不用心すぎませんかね？　それとも、誘っていただいてるんで？」

「うあっ！」

いつの間にかタウリンが忍び寄ってきて、冒険者の肩に腕を乗せていた。猫のような目で冒険者を眺めてから、にぃっと唇を吊《つ》りあげて笑う。

「いやあ、しかしさっきの大将のご高説には感服いたしやした。ナイチチですか。へへ、さすがにぱふぱふ屋の主人ともなると、風情《ふぜい》ってもんを理解していらっしゃる」

どうやら随分前からタウリンは俺たちの話を聞いていたらしい。とすると、当然、シグルドと冒険者たちのやり取りも見ているわけだ。

「ところでこちらのお兄さんがたはたいそう仲良しで、四人一緒じゃないと嫌だときた。そんな話を聞いちゃあ、あっしも協力したくなるのが人情ってもんでさあねえ」

「――と、こちらは言ってるけど？」

俺には決定権はない。冒険者たちに水を向けると、すっかり震え上がっている四人組は
「もちろん、お先にどうぞ」と声を揃えて口にした。

あーあ、と俺は少し四人組が可哀想になる。だって、タウリンの好みは――

「そうですか。そりゃどうも――じゃあ、あっしはシャーリーちゃんをよろしくお願いします。へへ、どうせあっしは情緒《じょうちょ》も風情も覚えがねえ無作法《ぶさほう》者だ。シャーリーちゃんの大きな胸で、ひとつ勉強させてもらうといたしやしょう」

と、シャーリーの手を取り、さっさと二階に上がってしまった。

「ああぁ……」

残されたのは哀れな四人の冒険者と、彼らを虫けらのように見下すトーラだった。

◈×◈

そんな風に昼は冒険者、夜は酔っ払いの相手をひっきりなしにしていたが、シャーリー

たちは誰も病気にかかったりすることはなかった。怪我するようなトラブルもなく、唯一の例外はリゼットが「揉まれ過ぎて胸が痛いよー」と泣きついてきたことくらいだ。

素晴らしいスタートダッシュが切れたためか、ぱふぱふ屋【マジック・ドラゴン】の評判は瞬《またた》く間に広まった。俺は客引きに出るよりも、一階にいて順番待ちの客整理などをする時間のほうが多くなる。親父さんの料理と酒も飛ぶように売れて、もしミミが手伝い始めてくれなければきっとクレームは倍増していただろう。

食堂だった時はあれだけミミにちょっかいをかけていた酔っ払いたちも、待ち時間を行《ぎょう》儀《ぎ》よく過ごすようになった。シャーリーたちにいいところを見せれば褒めてもらえると知っているからだ。詳しい話は男たちの名誉のために省略するが、まあ、人間誰しも褒められることが大好きってことだ。

全ては順風満帆《まんぱん》のように思えた。彼女が来店するまでは。

「な、な――なんですかこれはっ！　ここは食堂ではなかったのですかっ！」

夢か、少女漫画に出てくるような金髪の美少女が店の入り口でわなわなと震えていた。

彼女の視線の先では、我慢しきれなくなった酔っ払いが二階の廊下でサナの上着を脱がせている。サナはそういう不測の事態への対応もすぐれているため、「もう、駄目でちゅよー」とおっぱいをさらしながら男をなだめていた。

そんな光景を目にして、新緑の風に乗って勝利を運ぶ者さんはひどく困惑なされた。

「胸――女の人の胸――男が――あの男――」

ルーシアは混乱のためか、どこかの裏社会のボスみたいな喋り方になっている。

忘れていたわけではないが、そう言えばルーシアは猫の爪痕亭に来てくれると約束していたのだ。しかも彼女は気を利かせて騎士団の部下を伴ってきてくれたらしい。

十人ほどの騎士たち（全員男）と「美味しい店があるのです。私の知りあいが勤めているから、全員売上に貢献しなさい」とそれを引き連れてきた女騎士。

だが、教えられた場所にあったのは、ぱふぱふ屋だったというオチだ。

俺はにっこり営業スマイルで彼女に話しかけた。

「やあ。よく来てくれたな、ルーシア。飯もあるから……なんか食ってく？」

「――ではありません！　龍太郎、少し話を聞かせなさい！」

そして俺は手を引かれて店の外へと連れだされてしまう。

去り際にルーシアの部下たちが「隊長！　ご命令通りこの店の売上に貢献したいのですが、よろしいでしょうか！」と質問し、ルーシアが「貴公《きこう》らは城に帰って腕立てと素振りでもするがいいだろう！」と一刀両断に斬り捨てるやり取りがあった。

「おい、ルーシア。せっかく来てくれたのに可哀想だろ。食事はいいから、せめてぱふぱふだけでもしていってくれよ」

「逆です！　せめて逆を勧めなさい！　――ああ、もう！　そうではなく、どうしてあれほど言ったのに食堂を辞めてしまったのです、あなたは！」

「……うん、あの時のルーシアのアドバイスは本当にありがたかった。ルーシアは俺が一番辛い時に、いつも助けてくれるんだな」

ありがとう、と俺は頭を下げた。

ルーシアはそれを見て少し戸惑ったように、

「ええ――それは、まあ、たまたま見かけてしまいましたし、あんな様子のあなたを放っておくわけにもいきませんでしたから……ですが……」

口ごもりながらそう言ったかと思うと、俺の肩をがしっと掴む。

「――ですが、そのちょっといい雰囲気でごまかす手には、もう乗りません」

「あれ？」

ルーシアの目がマジだった。

「龍太郎は病気になった女の子を助けるのではなかったのですか？　これではいくらお金を稼いでも、あなたのお母様と同じく不幸になる人を増やすだけですっ」

「……まいった。母さんのことを持ち出されると、少し困るな」

「困るのなら、今すぐ店を食堂に戻しなさい。そうでないと――」

「それはできない」

俺はきっぱりと告げる。いくら恩人の頼みだって、こればかりは聞いてやれない。

ルーシアは射抜くような視線を俺に向けていたが、しばらくして顔をそらす。

「そうですか……確かに私には、あなたに指図《さしず》する権利などありませんね」

本当は、ある。

ルーシアは俺にどんな無理難題をふっかけてもいいし、俺はそれに応える義務がある。

だが今は、ミミや親父さんたちの人生がかかった勝負をしている最中なのだ。

俺がぱふぱふ屋を畳《たた》むことでルーシアの命が助かるとでもいうならば考えるが、そうでない限り俺はミミたちを助けることを優先する。

だから、ルーシアの言うことは聞けなかった。

「……ですが、龍太郎。覚えておきなさい。私は娼館などなくなったほうがいいと思っているのです。体を売る女の子が一人もいなくなればいいと思っていますし、そのような世界を作るつもりです——この剣に賭けて」

美しい白銀の剣を掲げ、ルーシアは宣言する。真っ直ぐな瞳は決して曇ることがない。

ルーシアが娼館をなくすと言っているのは、それが汚らわしいからではなく、不幸になる女性を減らそうという思惑があるからだ。

だから、俺は彼女に反論できない。この世界の娼館がどれだけ酷いものであるかは、俺だって理解しているのだ。だが、

「——それは——困るな——」

と、店の奥から出てきた男が会話に割りこんでくる。

「緑祭騎士の――守備隊長が、食堂の――業務妨害なんて――していいのか？」

リゼットに手を引かれて階段を下りてきたシグルドが、ルーシアに突っかかってきたのだ。しまった。

裏社会のボスと正義の騎士の仲が悪いなんて想像するまでもなかった。俺とルーシアは外で話していたが、それは店内からでも簡単に目につく場所だった。もっと遠くに離れていればよかったと後悔しても後の祭り。

「……あら、これはこれは」

ルーシアはにっこりと微笑み、掲げていた剣を杖のように地面に突き立てる。

「飽主シグルドではないですか。三日前にロッドの教会にいたあなたの手下から伝言を預かっていますので、お伝えしますね。……こほん。『もう殴らないでくれ。もうシグルドの言うことなんか聞かねえ。この街から出ていくよ』……だそうですよ。あなたの手下はみんな少し撫でただけで言うことを聞く坊やばかりで、本当に助かります」

子供たちに絵本を読み聞かせるような静かな声でルーシアは笑う。

正直、ちびりそうだ。

横にいる俺でさえそんな風なのに、シグルドは表情一つ変えていない。

「――役立たずを掃除――してくれて、助かるぜ――だが、この店は俺の管轄じゃ――ない。ただの――接客過剰な食堂だ――飽銭《ほうせん》も――取ってねぇ」

「あなたの管轄ではない……？」

ルーシアは「どういうこと？」と視線で俺に問いかける。よし、弁明のチャンスだ。

「だから、娼館とは違うって言っただろ？　飽会は娼館からはショバ代を取るが、食堂や酒場にはなにもしないだろ？　ぱふぱふ屋はシグルドさんの言った通り、少し女の子がべたべたしてくれる食堂という位置づけなんだよ」

だが、ルーシアはよくわからなそうな顔をしている。

実際にぱふぱふを試してみるのが一番早いのだが、ルーシアは絶対にそんなことを受け入れない。俺が説明に困っていると、

「――つまり、飽会には金を落とさず、シグルドとあなたの二人で組んで利益を独占してるということですか……見損ないました、龍太郎」

「え、どうしてそうなる？　待て……待ってくれ、ルーシアっ！」

ルーシアは俺の制止も聞かずに行ってしまう。いくら呼びかけても、勝利を運んでくるという女騎士は振り向きさえしなかった。

「――ふん――」

シグルドも背を向ける。別れの言葉はもちろん、俺には視線一つくれない。

「……あの、じゃあ我々も帰ります」

店の中から、ぞろぞろとルーシアの部下が出てきた。

俺は顔見知りの何人かに声をかける。

「ああ……お客さん、ルーシアの部下だったんですね。知りませんでした」

「隊長には、俺たちが常連だってこと内緒にしておいてください。じゃあこれで……」

やるせない気分で常連客を見送りながら、俺はこう口にするのが精一杯だった。

「お客様、またのご来店をお待ちしております……」

◈×◈

生きている限り他人との衝突は避けられなくて、俺みたいな職業をしていればそれは特に顕著《けんちょ》になる。それでも、俺はルーシアに否定されたことがショックだった。

風俗の呼び込みなんて嬢以外にモテる職業じゃないし、言ってみれば騎士ってのは自衛官か警察みたいなものだ。俺のことを受け入れてくれるはずはない。

しばらくルーシアに会うこともないんだろうと、密《ひそ》かに落ち込んでいた俺だったが、それから毎晩のように彼女を見ることになる。

彼女を見るのは夜も更けてぱふぱふ屋も閉めようかという時間がほとんどだった。

店の外に行くと、緑色のマントを着たルーシアに出くわすのだ。声をかければ不機嫌そうな顔で「ただ仕事で立ち寄っただけです」なんて答えてすぐに行ってしまう。でもそれが二日も三日も続く。

「よっす。見回りご苦労様。毎晩大変だな、ルーシア」

五日目にして、俺は作戦を変えた。熱々の森亀肉の串焼きを手土産に話しかけたのだ。親父さん特製の一品。しかしルーシアは受け取らず、ため息をつくばかりだ。

「……これで、自分たちの店は食堂ですと主張しているつもりですか、龍太郎？」

「いやいや——まあ食堂じゃないことは自覚してるけど、本当に娼館とは違うんだ」

俺は、ようやくルーシアが足を止めたのをチャンスとばかりに釈明を始める。

「なあ、ルーシア。わかってもらえないかもしれないけど、マジック・ドラゴンは本当に違うんだ。女の子を売り物にしてるって批判は……まあ、その通りなんだけど。ここら辺の衛生管理もへったくれもない娼館とはわけが違う。あいつらは本当に女の子を使い捨てにしてる。でも、俺は長く大事に——って、ああ、これだとなんかもっと酷いやつみたいだな。本当にそうじゃないんだ。シャーリーもリゼットも、俺はみんなに幸せになってもらいたくて……」

おかしい。全然口が回らない。俺は客引きのプロ、呼び込みの神。今ではちょっとは名の知れたぱふぱふドラゴンだ！　でも、怒り顔のルーシアの前ではしどろもどろごん。

長々しい俺の口上《こうじょう》をルーシアはじっと聞いてくれて、最後のほうは表情も緩んでいたけれど、それは俺を許したからじゃなくって、あまりに情けない俺に呆《あき》れたからだろう。

ルーシアはものわかりの悪い子供に言い聞かせるような口調で言う。

「龍太郎、あなたが本当に娼館を経営しているつもりがないのはわかりました。ですが、私からしたら同じように見えますし、おそらくこの街の大部分の住民も意見を同じくすることでしょう。それはつまり、あなたの店とそこで働いている女の子も標的になるかもしれないということなのです」

「標的？」

「……最近、この地区で何人か殺されているのです。このところ、夜の見回りを増やしているのもそのためです。あなたも注意してください」

そう言ってルーシアは立ち去ってしまう。

その背中が見えなくなってから俺は結局、森亀肉の串焼きを彼女に渡せなかったことに気づく。一口かじると、それはすっかり冷めてしまっていた。

俺が元いた世界では殺人事件が近くで起こったりすれば、当然店でも騒ぎになった。こちらの世界でもそれは同じようで、マジック・ドラゴンでも客の多くが殺人事件の噂をぱふぱふ嬢にしていくようだった。

「それでですね、殺されてしまった二人はどうも――えっと、体を売る女性の方たちらしいのです」

シャーリーが集めてくれた情報を聞いて、ようやくルーシアの言葉の意味がわかった。

「なるほど。娼婦を標的にする殺人事件だから、俺にも注意してくれたのか」

怒って、呆れて、それでもルーシアは俺の店のことを心配してくれていたのだ。不謹慎《ふきんしん》だが、その事実を知って俺は少しほっとした。

「あのぅ……私たちも、殺されてしまうのでしょうか？」

シャーリーがおっとりと首を傾げる。その表情や仕草からは、自分が標的になるかもしれないという不安は一切感じられない。実にシャーリーらしい。でも本当は不安なのだ。

俺は彼女を安心させるように言う。

「いや、大丈夫だ。俺たちは一つ屋根の下で暮らしているわけだし、安心だろ。夜は一人歩きをしないようにみんなに言い聞かせておくよ」

「それでしたら安心ですわね。だって、そんなことする子は元からいませんもの」

口の前で手をあわせてシャーリーはにっこりと微笑む。またなにか情報が入ったら教えてくれとシャーリーに伝えて、俺は話を切り上げようとする。

だがシャーリーにはまだ話があるようだった。

「それとですね、店長。私たちは奴隷の身分なので、こんなことをお願いできる立場ではないのは承知しているのですが、一つ聞いていただきたいことがございまして……」

「ん？　いや、なんでも言ってくれ。聞けるかどうかはわからないけどな」

もじもじと言い辛そうにするシャーリーに、俺は笑顔で促した。

俺はセクキャバの仕事をして長いが、この世界では新参者《しんざんもの》だ。至らない部分がどうしても出てきてしまうはずなので、なにか改善してほしいことがあればすぐに申し出るようにとシャーリーたちには日頃から伝えていた。

それでもシャーリーたちは奴隷であることに遠慮しているのか、なかなか要望を口にしないのだ。俺の世界でそんなことを言えば、「ポテチ買ってきて」だの「日サロ代も店の経費で出して」だの、たちまち馬鹿みたいな注文で溢れかえってしまう。

それに比べればシャーリーたちのなんと慎《つつ》ましいことか。実際、シャーリーが口にしたのはあまりにも当然の要求だった。

「その……もう少し、店員を増やしていただくわけにはいかないでしょうか？　最近、お客様をお待たせする時間があまりに長くなってしまっているように感じます」

「あー、それな……」

ぱふぱふ屋マジック・ドラゴンは開店から二週間で、とんでもない繁盛《はんじょう》店になっていた。テレビもインターネットもない世界だから口コミで評判が広がるのも時間がかかるかと思っていたが、全くの杞憂《きゆう》だった。

客は増え続け、今や日没後の混みあう時間に一番人気のシャーリーを指名したい客は、二時間ほども待ち続ける必要があるのだった。

俺の理想とするぱふぱふ屋はファーストフード店だ。気軽に入れて、ちょっと金を払って、さくっとぱふぱふ。安くて早くて柔らかい。客がたくさん来てくれるのは嬉しいが、待ち時間が長くなってしまうのは悩みの種だった。

普通だったら、確かにシャーリーの言う通り店員を増やすことで対応する。俺だって当然そんなことは考えた。

「……でも一過性のブームかもしれない。もう少し落ち着くまで様子を見よう」

なにせまだ開店して二週間なのだ。ここで一人店員を増やしました、でもすぐに客足が遠のきました、では話にならない。

「わかりました。出過ぎたことを言ってしまい、申しわけございませんでした……」

「いや、こっちこそ悪かったな、シャーリー。でも、こうして相談してくれて嬉しかったよ。これからも気づいたことはなんでも言ってくれ。まあ、また聞けるかどうかはわからないんだけどな」

俺の言葉にシャーリーは満面の笑みを返してくれる。それで話はおしまい。

だが問題を先送りにしたつけを、俺はすぐに支払うことになるのだった。

◈◈×◈◈

「おっ、シグルドさん、いらっしゃい」

夕日が沈みかけた時間に、飽会のボスが来店した。

一目見て、いつもと様子が違うと気がついた。今日のシグルドはいつも以上にヤバい空気を醸《かも》し出している。普段から近寄り難《がた》い男なのに、今は肉食獣みたいに感じられる。

「時間が――ねえんだが、リゼット――は、すぐ入れるか？――」

「ああ、すみませんね。少し待ってもらうことになります」

見ての通り、と俺は客を指し示す。俺が指差した方向にいた客たちが「僕たちはもう少しご飯が残ってるんで、お先にどうぞ」と声を揃えている。実にいつもの光景だ。

シグルドは鼻を鳴らして空いている椅子に座る。いつも順番を譲ってもらうシグルドだったが、リゼットに客がついている間はさすがにおとなしく待っているのだ。接客中の部屋に踏み込むような無作法はしない。

目をつぶっているシグルドに声をかける者は誰もいなかった。俺もリゼットについて一言伝えておこうかとも思ったが、帳簿《ちょうぼ》仕事にかまけてつい声をかけそびれてしまった。

シャーリーが下りてくると、客の一人がうかがうような視線を向けたがシグルドは目も開けなかった。それでその客はうきうきとシャーリーと階段をのぼっていく。

次にマルガレータ、トーラ、サナが下りてきても同じだった。

シグルドは腕を組んで、本当に眠ってしまっているのかもしれない。

だが、もう一度シャーリーが下りてきて、また別の客と二階に上がった後、彼は急に口を開いた。

「――おい。リゼットは――」

「……すみません。もう二周分くらいお待ちいただく必要があります」

俺がそう言った途端、店内の空気が凍った気がする。シグルドがいつの間にか立ち上がっている。大剣を片手に俺のすぐ側までやってくる。

「――時間がねえ――そう言った――はずだ――」

「待ってくださいって言いましたよね？　ああ、でも俺も言葉が足りませんでしたね。リゼットは今――」

冷たいものが頰に押し当てられる。

見るも恐ろしい抜き身の大剣が、俺の顔に押しつけられているのだった。

「――なあ？　――おまえ、調子に――乗ってるんじゃねえ――よな。俺が甘い顔をした――からって、俺のことを――なめてやがるんだと――したら、容赦しねえ――」

「なめてなんかいません。ただ、俺はシグルドさんだけを贔屓《ひいき》にするつもりはないですよ。

本当は順番待ちだってしてもらいたいんですが、他のお客さんが譲ってくれるからなにも言わないだけです」

こういう時、言いよどんだり目をそらしたりしたら駄目だ。俺はシグルドにはっきりとそう言った。シグルドはじっと俺の目を覗き込んでから、

「ふっ」

と、笑った。

「──おまえ」

ふふ、とシグルドは笑いながら、

「やっぱり──なめてるんじゃ──ねえか──」

そう言って、剣を持っていないほうの手で俺を殴り飛ばした。

もの凄い音を立てて、俺はテーブルごと吹っ飛んだ。相変わらずの唐突な暴力。俺には避けることさえできない。殴られた後に痛みと理解が同時にやってくる。

だから暴力団なんか嫌いなんだ。滅茶苦茶《めちゃくちゃ》怖い。いくらでも尻尾を振ってやりたい。この暴力から逃れられるなら、俺は喜んでこいつらの靴をなめるだろう。

でも、言いなりになったら余計に搾《しぼ》り取られるだけだ。髪を摑まれて俺はシグルドに無理やり視線をあわせられる。

「──おい。この店は──混雑時は、延長──できない──はずだよな──」

「……そうだ」

俺はなんとか答える。シグルドの顔にはうっすらと笑みが浮かんでいる。くそ外道《げどう》が。人を殴った後に笑えるやつは最悪だ。

「――ならリゼットは――どうした？　――なあ、まさか――客に、娼館と同じ――」

「ねえ、どうしたの？」

二階から、声がした。鼻にかかった甘ったるい声。寝起きだから余計に子供っぽく聞こえる。リゼットの声だ。

「え、シグルドさん……と、店長!?　どうしたのっ！」

二階から俺たちの様子を見てただごとじゃないと理解したのだろう。リゼットが慌てて階段を駆け下りてくる。

「ど、どうしたのシグルドさん。店長、怪我してるけど、まさか――」

リゼットが俺とシグルドを見比べて顔を青ざめさせている。シグルドはなにも言わない。

「……なんでもないよ。リゼット。部屋に戻ってろ」

「え、でも……」

「大丈夫だ。なんでもない」

俺が言うと、リゼットは一瞬だけ泣き出しそうな顔をしてから、

「――ね、ねえ。シグルドさん、今日もあたしでいいの？　それだったら、今、ちょうど

あいてるから、上行こうか？」

と、シグルドの腕を取って、媚びるような笑顔を浮かべる。

俺は言う。

「リゼット。今は休憩時間のはずだ。まだ寝てろ。体を休めるのも仕事のうちだ」

俺の言葉に、シグルドが再び鋭い目を向けてきた。だが、くそっ、構うもんか。俺は正しいことを言っている。

マジック・ドラゴンは昼から深夜まで営業しているから、普通の娼館の二倍くらいの時間、店を開けていることになる。五人の嬢は交代で蠟燭六本分——俺の基準では一時間半程度の休憩時間をローテーションで取るようにしている。リゼットはまさにその休憩中だった。確か、あと三十分くらいは時間が残っているはずだ。

シグルドに殴られたからといって、そのローテを崩すつもりはなかった。

リゼットたちの体調と精神を考慮してのことだ。

「でも、店長！」

「——いや、いい——休憩時間に——騒がせたな——」

リゼットが俺に叫んだが、それをシグルドが遮った。

毎度のことだが、シグルドは相場の料金よりも多い額を袋に詰めている。それをテーブルに置くと、

「――今日は、金を――払ったから――いいだろ？　――また来る――」

とリゼットの頭を撫でて、店から出ていった。

「……くそっ、俺にはごめんの一言もなしかよ」

「それはそうだよ！　……って、それより店長！　なんでシグルドさん怒ってたの？　いつもみたいに、おっぱいについて偉そうに喋ったの？」

「おまえは俺をどんな風に見てるんだ？　……まあいい。まだ昼寝中だろ。いいから寝てろ。休憩時間は、蠟燭一本分延ばしてやるから」

俺がそう言うと、リゼットはなにかを諦めたようにため息をつく。

「もう眠気なんかどっか行っちゃったよ」

それもそうだろうなと俺は苦笑する。

「……すみませんね、龍太郎さん」

今まで影のようになりを潜めていたシグルドの取り巻きが俺の近くにやってくる。まったくすまないと思っていないことが明白な口調で彼は言う。

「親分も気が立ってるんです。昨夜、うちで仕切ってる店の娼婦が殺されまして」

「そうだったか。それはお悔《く》やみ申し上げる……しかし、大変だな。これで三人目か？　なにか手がかりとかないのか？」

飽会でも娼婦殺しを追っているはずだ。シグルドの機嫌から推測するに事態に進展はなさそうだが、それでもなにか新情報がないのかと期待して俺は尋ねてみた。

だが、返ってきた答えはあまりにも予想外なものだった。

「死体は三つ目ですが、失踪《しっそう》する気配のなかった女が他に四人。多分、これも同じ奴に殺《や》られてると親分は考えています。だから実は、これで殺されたのは七人目なんです」

◈×◈

「どうして龍太郎はいつも無茶するのよっ！」

ぷりぷりと怒りながらミミが隣を歩いている。怒りの原因は俺がシグルドにまた突っかかったことだ。傷を手当してくれたのはいいが、それからずっと怒りっぱなしだった。

それでもこうして買い物につきあってくれるあたり、実に優しい。

「ねえ、やっぱり飽会にお金を払って守ってもらうわけにはいかないの？」

「うーん。それも考えたんだがな。でも猫の爪痕亭だって元々は飽会に金払ってなかったろ？　それをマジック・ドラゴンが払うのもな……」

飽会互助会制度（通称みかじめ料）には、娼館は絶対に加入しなければならないが、飲食店や酒場の場合は任意加入なのである。

加入した場合は毎月、売上から上納金《じょうのうきん》を収める必要が出てくるが、酔っ払い客の喧嘩等があった場合は飽会の怖いお兄さんが助けてくれるという制度だ。

「それに互助会って抜けられるのか？」

「さあ、そういう話は聞いたことないけど……」

「だろう？　一度金を払ったら粘着されるから、距離を置きたいんだよな。まあシグルドはある程度気心《きごころ》が知れてるから、そういう意味では信用できるんだが……」

「何度も殴られてるのに、よくそんなこと言えるよね？」

ミミが信じられないという風に首を振る。

「シグルドの弱みはわかる。だから俺はある程度、強く出られるんだ」

俺は周囲を見回して、ミミにこっそりと秘密を打ち明けた。

「実はな、シグルドは不能なんだ」

普通、ヤクザの親分は何人も情婦を抱えている。暴力が基盤となる世界で生きている人間は、周囲になめられたら終わりだ。だから、いつも自分がどれだけ強くて、怖いもの知らずで、キレやすくて、性欲が強いかを誇示するものなのだ。

それなのにシグルドが抱く娼婦はフローラ一人で、結婚もしていない。こういうヤクザは確かに俺の世界にもいた。そしてそいつらの共通点といえば、男性の中心にある突起がオンオフ自由にならないということなのだった。

「もしかしたら、完全に勃《た》たないってわけじゃないかもしれない。だが、男にとっていざという時に勃たないのはとんでもない苦痛なのさ。数回に一回でも駄目だ。まして、そのことを他人に知られるなんて尚更だな。だからシグルドはマジック・ドラゴンに通う。ぱふぱふ屋はたとえ不能の相手でも関係ないからな。そういう意味でも、ぱふぱふって実に素晴らしいものなんだよ。だからこそシグルドはぱふぱふ屋を潰せない。俺を殴って脅《おど》すくらいはできても、もっと決定的なことはできないはずなんだよ」

「……うん、いつもの龍太郎で、相変わらずなに言ってるかわからないけど、とりあえず一つだけわかったことがあるよ。たぶん、その推理、間違ってると思うよ？」

「え、なんで？」

俺は首を傾げる。ミミは少し顔を赤くしながら、その理由を教えてくれた。

「だって、シグルドさんって熱心なデガーン教徒だもん。デガーン様は、死が二人を別《わか》つまで愛しあう男女はお互い裏切ってはならないって教えてるんだよ。だから、フローラさん以外の人を――その、えっと、買ったりしないんだと思うよ」

「え、嘘？　そんな理由？」

俺は愕然《がくぜん》とする。

「おいマジ？　あれで熱心に神様信じてるっての？　ていうか、デガーン神は浮気は許さないけど、人殴ってもいいの？　そんな暴力的な神様なの？」

「うん。だって戦争の神様だもん。兵士になる人とかにも人気の女神様だよ。それにほら、シグルドさんもこういう首飾りしてるでしょ？」

そう言ってミミが見せてくれたのは、彼女がいつもしている木彫りのペンダントだった。

「この首飾りはその人が信じる神様の紋章なの。見て、大きな木と花吹雪が彫られているでしょ？　これはラクサビスム様の紋章で、シグルドさんの信じているデガーン様は四角い箱に閉じ込められた一組の男女だよ。うちはみんなラクサビスム様を信じているけど、お父さんなんか首飾りは教会に行く時しかしないの。その点、シグルドさんはいつも身につけているくらいだから、かなり熱心な信者さんなんだよ」

「マジかよ……」

俺は自信を持っていた推測を否定されて愕然とした。

「だから、やっぱり危ないから互助会に入らないなら用心棒を雇おうってば」

ミミは俺を諭すように言う。俺とミミがこうしてバザールにやってきたのは奴隷を買うためなのだ。だが、俺は男女のどちらを買うか決め兼《か》ねていた。

「でもなあ、ぱふぱふ屋の人手が足りないから、人員補充したいんだよなあ」

「もう。まだそんなこと言って。いいから用心棒だよ。強い男の人がいたほうが安心でしょ？　人殺しのことだってあるんだよ？」

ミミの言うことは理解できる。確かに、用心棒がいたほうがいいことは確かだ。しかし、人手は極力増やしたくない。既にミミと親父さんの人頭税分は稼げたが、ぱふぱふ屋が軌道に乗るまでは極力出費を抑えたい。

奴隷を買うとしても今日は一人だけだと俺は決めていた。問題は用心棒として男を買うか、ぱふぱふ嬢として女を買うかだ。

「はぁ……おっぱいがでかくて喧嘩の強い女奴隷さんがいれば問題は解決するんだが」

「またそんな都合のいいこと言って……」

そんな話をしているうちに俺たちは奴隷商ポポールの店までやってきた。

「おう、龍太郎」

ポポールは俺に気づくと髭面に笑顔を浮かべて手をあげる。

俺はこの男に処女五人分の奴隷を借りていて、その金をまだ一ダラーも支払っていない。

だが俺が店に人手を増やしたいという話をすると、ポポールはそれを快諾《かいだく》した。

「ああ、いいぞ。おまえさんの店の噂は聞いとる。奴隷を一人くらい追加しても、儂が損することはなさそうだ。好きなのを選んでいきなさい」

ぱふぱふ屋がうまくいっているから、ポポールもすんなりと俺の提案を飲んでくれるのだ。これでもしぱふぱふ屋が失敗していて、俺が返済期限の延長などを頼んだとしても、こいつは絶対に聞きいれてくれないだろう。そういう男だ。

だが、その冷酷さは商売人として当然のものだ。俺は笑顔でポポールに礼を言う。

「助かるよ。じゃあ、また適当に見せてもらうぞ」

俺はポポールに断って、奴隷を見て回った。首輪に足枷、そして逃亡避けの魔法陣も入れ墨《ずみ》されている。奴隷は腰や胸元などしか隠していないので、ミミは彼らのほうを見て「わー、わー」と小さく驚きの声をあげていた。

以前にシャーリーたちを選んでからたった二週間で、奴隷の顔ぶれが大きく変わっている。それだけこの国において奴隷は需要があるのだろう。

そしてそれ以外にも変化していることがあった。

「ねえ、ご主人様。ご主人様は新しい商売を始めた偉い人なんだろ？　噂になってるよ。あたしを買っておくれよ。ねえ、あたし、なんでもするよ――なんでも」

俺の腕に胸を押しつけながら、そんなことを言う女奴隷が何人もいたのだ。これには俺も戸惑った。ミミがじとっとした目で俺を見ている。

「待て、ミミ。違う。こんなサービス、俺は望んでない……あ、いや、君の胸を馬鹿にしたわけじゃない。君のおっぱいは、とても素晴らしかったよ。ありがとう」

戸惑っている俺にポポールが解説してくれる。

「奴隷たちにもぱふぱふ屋は噂になっとるからな。病気の心配がないから、おまえさんに買われるのは貴族の妾《めかけ》になる次くらいに、奴隷にとっては当たりってわけだ」

「なるほど……」

事情は理解できた。だが、あまり喜ばしいことではない。女たちが俺におっぱいを触って触ってと押し寄せてくるのは正直嬉しいが、それはマジック・ドラゴンの理念と相反《あいはん》するものだ。おっぱいのただ触りをなくすために営業しているのに、自分からおっぱいを押しつけてくる女を雇うのはいかがなものか。

ああ、だがそれにしてもこの褐色《かっしょく》の奴隷、滅茶苦茶いい体してる。そんなに押しつけないでほしい。胸を隠す布がずれちゃう、ずれちゃう……あーあ。ほらずれちゃった。

「へへ、まったく仕方ないなあ。ミミ、仕方ないからちょっと……あれ、ミミ？」

「お連《つ》れさんならさっき呆れた顔をして、どこかへ行っちまいやしたぜ」

ふと隣を見れば、そこにあったのは愛らしいミミの顔ではなく、いかつい男のにやけ面だった。俺は彼の名を呼んだ。

「タウリンさん」

毎日のように店にやってくる常連。しかし、こうして外で会うのは初めてだ。

俺たちは店長と常連というだけの間柄で、さらにタウリンはこうして気安く話しかけてくる性格でもない。それなのに俺の横で彼がにやけている理由が気になったが、それはすぐに判明した。

「店長。どうしやしょうね。どの奴隷を買うか、あっしと店長で選ばなきゃいけやせんからね。いやー、大変な問題でさあね、こいつは」

タウリンがそう言うと、俺にすがりついていた奴隷の半分ほどが彼のほうへと流れていく。俺は嘘をついてまでちやほやされたいタウリンの姑息《こそく》さに呆れた。

「タウリンさん、なにやってるんですか」

「いや、店長がどの奴隷を買うか決め兼ねているようだから助け舟《ぶね》を……おっと、お嬢さん、そんな押しつけちゃいけない。胸の布がずれちゃう、ずれちゃう……あーあ、ずれちゃった。むほほ……」

満面の笑みで女の柔肌《やわはだ》を楽しむタウリンだった。

「……まあいいか」

俺は女奴隷たちに真実を伝えないことにした。どうせ自分から体を押しつけてくるような女を買うつもりはなかったのだ。そういう女は、きっとピンチになると店で禁止しているはずの行為にも手を出す。

俺は自分に群がってくる奴隷をタウリンに押しつけて、隅のほうで小さくなっている奴隷に目を移した。男を買うか女を買うか決めていないが、どうせなら全部見ていこう。

俺とタウリンに売り込みに来なかった奴隷は、みな気が小さそうなやつらだった。俺が目をあわせようとするとさっとそらすのがほとんどだ。それでも、俺は彼女たちを値踏みすることをやめない。

この子は胸が大きい。この子は猫の獣人だ。獣人の奴隷は珍しい。この子は胸が小さいけど、愛想はよさそうだ——

「はは、店長。どうしやした。どれにするかあっしだけじゃあ決められませんや。店長も一口、どうですかい？」

女の肉をかき分けるようにして、タウリンが俺に話しかけてくる。

俺はその時、ちょうど一人の女奴隷の前を通り過ぎようとしていた。薄い色合いの長髪からぴんと尖った耳が突き出ている。エルフだ。これも珍しい。

そのエルフが、タウリンの姿を見つけて、目を丸くしていた。

「――タウ？」

「え？」

呼ばれて、タウリンのほうもその小さな女奴隷に気がついたようだった。

「おまえさん、もしかして――」

呆然《ぼうぜん》としたようなタウリンの言葉が遮られる。

「タウゥゥッ！」

エルフは泣きながら彼に抱きついていた。

その抱擁が、他の女奴隷のように自分を売り込むためのものでないことは、誰の目にも明らかだった。

第5章 ◈ ミステリアスダンス

この世界のエルフは俺が抱いているイメージとほぼ一致していた。耳が長くて色白で、美人が多い。エルフ美人なんて言葉もあるらしい。

ホノピーは親の借金が理由で奴隷に売られたという。借金の理由はギャンブル――どの世界でも、どの種族でも屑《くず》はいる。

「タウ……ホノピー、心細かったるふ。とと様の命令で奴隷にされたるふ。でも、なんとか泣かずに頑張ってきたるふ。だって、ホノピー、強いエルフだからふ」

泣きじゃくるホノピーに抱きつかれながら、タウリンは困ったように頭をかいている。

「いや、お嬢。そう言いながら思いっきり泣いてるじゃねえですかい」

「タウリンさん、それよりこの子、一昔《ひとむかし》前の萌えキャラみたいな語尾なんだけど、これエルフは全員そうなの？　名前もちょっと間抜けだし、知的なイメージが崩れるなあ――」

「これはお嬢の生まれた地域の方言でさあ。エルフだからってわけじゃないでしょうよ。名前に関しちゃあ、お嬢の兄はポコチーですぜ。それに比べりゃマシってもんでさあ」

「あー、そりゃご愁傷《しゅうしょう》さま。ポコチー君、絶対子供の頃虐《いじ》められてただろ」

俺とタウリンが呑気に話していると、ホノピーは涙でべしょべしょになった顔でこちらを睨みつけてくる。

「るふぅ！　そんな話どうでもいいるふ！　とにかく、ここで知り合いに会えたのは大神プインターム様のおかげるふ！　タウ！　ホノピーを買ってほしいるふ！　このままじゃどこかの変態に買われてきっと春画《しゅんが》みたいなことされてしまうるふ！」

「え、それはあっしにならこ春画みてえなことされてもいいってことですかい？　まいりやしたね。気持ちは嬉しいですが、あっしはもっとバインバインなのが好みでして……」

「るふぅ！　春画みたいなことはするなるふ！　タウにはただお金を払ってもらって、ホノピーをとと様のところへ帰してほしいだけるふ！」

「……しかしね、お嬢。そうしたいのは山々ですが、肝心のこれがねえんでさ、これが」

タウリンは人差し指と親指で輪を作る。どの世界でも共通のジェスチャー。

「がーん！　なんでるふ！　タウリン、困った時はいつでも呼べって言ったるふ！　三年前のあの言葉は嘘だったるふ？」

タウリンの発言を聞いて、ホノピーは最後の望みが砕かれたような顔をしている。

「ちなみに二人はどういう関係なんだ？」

気になった俺がタウリンに尋ねると、彼はつかの間、遠い目をした。

「よくある話でさ。三年前、あっしがドジをやらかしやしてね。キノッサスって街の騎士団に追われることになっちまったんでさ。普通だったら街からとんずらこいて終わりなんですが、一人だけべらぼうに強い騎士がいやした。そいつに深手を負わされたあっしは、とても逃げきれない状態になっちまって、どこかに身を潜めるしか手がなくなっちまった。そんな時、このホノピーお嬢に拾われやしてね、傷が治るまで庭先に置いてもらって、飯も恵んでもらったご恩があるんでさあ」

「その時、タウは言ったるふ！　このご恩は決して忘れないるふ！　いつでも困ったことがあればあっしの名を呼べって、タウ言ったるふ！」

「……そんなことも、ありやしたねえ」

タウリンは珍しく困った顔をしている。本当にホノピーのことを案じているが、打つ手がないことに途方に暮れているような表情だった。

彼はホノピーの顔を見て、次に地面に目を落とし、やがて空を見上げ、それからふっと視線を落とした。その視線が俺にぶつかる。

「店長、後生《ごしょう》です。どうかお嬢のことを買っていただけねえでしょうか？」

真面目な口調でそんなことを言い、頭を下げるのだった。

「タウ⁉」

驚いたのはホノピーだ。彼女にとってみれば、俺は奴隷を物色している娼館の主人——つまり彼女の言うどこかの変態に他ならない。

「いや、お嬢。この店長は違う。ぱふぱふ屋といって女性の体に負担が少ない、新しい商売を営んでいらっしゃるんでさあ。この人に買ってもらえれば、お嬢の考えている地獄に落ちることはねえ。お人柄だって、あっしが保証しやすぜ」

「タウ……でも、ホノピーは、タウを――」

「……お嬢、あっしは剣で斬れるもんなら神様だって斬ってみせやすが、どうにも、銭の鎖ってやつぁ、銭以外で斬れるもんじゃねえんですよ……どうか勘弁しておくんなせえ」

「タウ……」

歯を食いしばるようなタウリンの言葉を、ホノピーは目をうるませながら聞いていた。そして、喉元まで迫る嗚咽《おえつ》を飲み込むと、彼女はぎゅっと目をつぶり、それから振り絞るように言うのだった。

「わかったるふ。タウの言う通りにするるふ。だから、ホノピーはこの人に買われることにするるふ……っ！」

「お嬢！」

タウリンが感極まってホノピーに抱きついた。感動の一瞬。

だが俺はそれに水を差さなければならなかった。

「うん。まあ、俺は買うつもりないけどな」

「るふぅ！」

ホノピーが「マジかよ、こいつ！」という顔をする。それだよ。その顔が理由だって。

このエルフ、さっきから俺のことを蔑《さげす》みっぱなしで、その感情が顔にありありと出ているのだ。まったく客商売に向いていない。

俺がそのことを伝えるとホノピーはぐぎぎと怒りを噛みしめるような表情を見せた。まあ罵倒《ばとう》をこらえたのは褒めてやってもいいが、その表情が出る時点でアウトなんだって。

「て、店長……お気持ちはわかりやすが、このタウリンに免じて一つ――」

タウリンが弱りきった顔で懇願する。自分でも無理なことを言っているとわかっているのだろう。まあ、気持ちはわかる。俺も、最初に奴隷市場に来た時に似たようなことをしたわけだし。だから、本心ではホノピーを買うことに賛成している。

ただ、俺は店長として店の利益になるように動かなければならない。

「……まあまあ、タウリンさん――いや、タウリン。俺もただ買わないって言ってるわけじゃない。全員が納得できそうないい案があるんだが、聞く気はあるかい？」

タウリンが俺の提案を呑《の》むことは、既にわかりきっていた。なにせタウリンとホノピーには他に道がないのだから。

――悪いな、タウリン。交渉ってのは、こうやるんだよ。

「というわけで、マジック・ドラゴンの新たなお友達を紹介します。まず、用心棒として雇った【疾風の魔刃】タウリンさんでーす。はい、拍手ー」

「……つーわけで、ご紹介にあずかりやしたタウリンでさあ。今後は客でなく、用心棒としてお世話になりやすので、なんでも言いつけておくんなせえ」

「彼の身分は俺と同じで暫定《ざんてい》奴隷です。借金を返すまでは奴隷ですので、シャーリーたちも顎で使っていいからな」

タウリンの自己紹介が終わるとまばらな拍手が起きる。

そして、俺はふてくされたもう一人の新顔を紹介した。

「もう一人はエルフのお嬢様、ポコチー君の妹のホノピーちゃんでーす」

「お兄ちゃんの名前は関係ないるふ！　子供の頃、散々イジられたんだから二度と口にするなるふ！」

あ、やっぱりイジられてたんだ。つーか本人だけじゃなくって家族も被害にあうよな。みなさんも子供の名前を決める時は色々注意しましょう。

「えっと……店長、一度にお二人も雇われたんですか？」

拍手をしながら、シャーリーが質問する。

俺はマジック・ドラゴンの全員を集めてタウリンとホノピーを紹介していた。今日、奴隷を買いに行くことはみんなにも事前に伝えてあったが、まさか一度に二人連れてくるとは思っていなかったのだろう。俺も店を出る時には予想もしていなかった。

「タウリンとホノピーは元から知り合いでな。奴隷だったホノピーをタウリンが買いたかったんだが、金がなかった。それで俺がタウリンに金を貸してやることにしたんだ。担保はタウリン自身だ。金を返済し終わるまで、タウリンは用心棒として、そしてホノピーはぱふぱふ嬢として働くことになる」

かつてポポールが俺にしたのと同じことを、今度は俺がタウリンにしているのだ。おかげでホノピーは娼館に売られずに済み、俺は用心棒と追加のぱふぱふ嬢を同時に雇用することができた。全員が納得する素晴らしい案だ。

俺の説明を聞き終えて、シャーリーがおっとりと首を傾げる。

「なんだか店長だけが得してるみたいです……」

「そうるふ！　この男は悪魔のような男るふ！　ホノピーたちの苦境につけこんだだけのくせに、なぜか善人面してるふ！　春画に出てくる悪党みたいな男るふ！」

指を突きつけながら怒鳴るホノピー。俺はそんな彼女にため息をついた。

「……と、まあ、こんなやつだが、みんなフォローしてやってくれ」

「手助けなんか必要ないるふ。どうせやるなら、ホノピーはすぐに一番人気になってやるふ。それですぐ自由になって、こんな店から出ていってやるふ！」

「お、いいやる気だ。じゃあ、さっそく研修な——さて、最初だから特別に選ばせてやるよ。俺とタウリン、初ぱふの相手はどっちがいい？」

それまで威勢よく怒鳴り散らしていたホノピーの顔がさっと青ざめる。「え、初日は見学とかじゃないるふ？」などと甘いことを言っているが、当然、そんな甘い話はない。

「そもそもぱふぱふってなんなのるふ？　こっそりお兄ちゃんの部屋で読んだ春画にもそんなの載ってなかったるふ……」

「えっとですね――」

ごにょごにょとシャーリーが耳打ちすると、次の瞬間、ホノピーの顔が真っ赤に染まる。

「みぎゃー！　変態るふ！　そんなこと考えつくなんてとんだ変態るふ！　きっとこいつはシュンガリアンハムスター（※ホノピー愛読の春画に出てくるエロい怪物。好物は他種族の種）の生まれ変わりに違いないるふ！」

「はいはい。なんでもいいからさっさと選べ。できなきゃ娼館に売り飛ばすだけだ」

俺が強めに言うと、ホノピーは唇を嚙みしめるようにしながら、

「じゃ、じゃあ……せめて――せめて、最初はタウがいいるふ」

「お嬢……」

タウリンとホノピーが熱い視線を交わしあう。ふむ。なんだかいい雰囲気だ。俺はタウリンにそっと釘を刺しておくことにする。

「絶対に店の嬢には手出すなよ？　全員、処女を守るってことで格安で借りてるんだから

な。処女じゃなくなったら契約違反だ。呪われるから、覚悟しろ」

用心棒になったことでタウリンとホノピーは俺たちと一つ屋根の下で寝起きすることになる。そしてタウリンの女好きはかなりのレベルだ。

「わ、わかってまさあ……それじゃあ、お嬢、さっそくこの椅子へ」

タウリンが椅子に座って、ホノピーを手招きする。

ホノピーは顔を真っ赤にしながらもそれに従った。

「えっと……どうすればいいるふ？」

「あっしと向かいあわせになるように膝立ちで座って——そう。それでいいんでさあ」

一つの椅子に座り、向かいあう二人の視線が重なる。

ホノピーは尖った耳の先まで赤くしているが、もう弱音を吐かなかった。タウリンに導かれるまま、二人は見つめあい、そして——

そして……。


……………………。


「……だから、なんでそこで止まるんだ？」

見つめあったまま動かない二人に対して、俺はため息をついた。シャーリーの時もそうだったが、いざぱふぱふをする直前になってフリーズするのだ。

「だ、だって恥ずかしいるふ！　このまま前に進んだら、タウの……その……」

「あー、わかったわかった。恥ずかしいのはわかってるよ。責めるつもりはない。俺もこの道のプロだからな。どうすれば恥ずかしくなくなるか教えてやる」

「ほ、本当るふ」

すがるような目をする彼女に、俺は自信満々に「もちろんだ」と頷いてやった。

「ああ、やっぱり……」

なにかを理解したシャーリーが、額に手をやってため息をついた。

しかし、俺はそんなこと気にせず、みんなに声をかけた。

「よし、みんな！　妹分の背中を押してやるために、ぱふぱふ音頭《おんど》を歌うぞ！」

「え、え？　ぱふ……なに？」

高らかに打ち鳴らされる手拍子にホノピーが目を白黒させる。それに対し、今や この世界で最も熟練したぱふぱふ嬢であるシャーリーたちは、諦めきった顔で俺の手拍子にあわせ始めた。

俺は高らかに声を張り上げて歌う。

「一つ、人には秘密のぱふぱふ。二つ、ふにふに柔らかぱふぱふ。三つ、みんなで楽しいぱふぱふ」

「「「「ぱふぱふ」」」」

「な、な――なにが始まったるふーっ！」

突然歌い始めた俺と合いの手を入れるシャーリーたちに、ホノピーが混乱しきった叫び声をあげる。だが俺は構わずぱふぱふ音頭を歌い続けた。フィーバータイムは誰にも邪魔できない。

「四つ、喜び嬉しいぱふぱふ。五つ、いつものお馴染みぱふぱふ。六つ、向こうであいつがぱふぱふ。七つ、泣くなよ、よしよしぱふぱふ」

「「「「ぱふぱふ」」」」

「ひ、ひぃ……っ！　怖いるふ怖いるふ！　シャーリーさんたちも、そこの変態も、いきなりどうしたるふ！」

怯えるホノピーをなだめるように、タウリンがぽんと肩に手を置く。

「お嬢……諦めなせえ。こいつは、ぱふぱふ音頭でさあ。大将がこいつを歌いだしたら、誰も止められねえんだ。そう、誰もな……」

「タウも真顔でなに言ってるふ！　これ、みんな壊れちゃったるふ？　シャーリーさんたちの目が明後日《あさって》のほうを向いてるふよ！」

混乱して目をぐるぐるさせているホノピーだったが、俺もシャーリーたちも、誰も彼女の質問に答えなかった。頼みの綱はタウリンだが、こいつも普段のフィーバータイムを経験しているため、パブロフの犬状態で涎を垂らしそうな顔になっている。

ホノピーに逃げ場はなかった。

「九つ、ここならこいつのぱふぱふ。十《とお》でとうとう観念ぱふぱふ」

「「「「ぱふぱふ」」」」

「……一つ、人には秘密のぱふぱふ。二つ、ふにふに――」

「ひぅううぅぅうッ！　繰り返してるふぅ！　ネタ切れならそこでやめるふう！」

だがホノピーがどれだけ泣こうが喚こうが、俺はぱふぱふ音頭を歌い続ける。

それは彼女が観念して、タウリンにぱふぱふするまで続くのだった。

十でとうとう観念ぱふぱふ――合掌《がっしょう》。

◈×◈

どんなに店が繁盛していようとも、客足が途絶《とだ》える時間はどうしてもできてしまう。

そんな時こそ俺の出番だ。

「よっ、右に左の旦那さま、仕事に疲れて家庭に疲れて、今日も一日ご苦労様です。剣と魔法でゴブリン倒すも、木槌《きづち》を振るって大工仕事も、どっちも男の戦いだ！　そんなあなたにご朗報。マジック・ドラゴンはぱふぱふ屋！　みんな大好きおっぱいで、戦うあなたに癒やしの一杯！　マジック・ドラゴンはぱふぱふ屋、みんな大好きおっぱいだよ！」

「がはは、店長、今日も威勢がいいな！」

この一ヶ月でもう数え切れないほどマジック・ドラゴンに足を運んでいる常連客が、俺の客引きに足を止めて話しかけてくる。

「親父さんとミミちゃんの借金も無事に払えたんだってな、おめでとさん」

「みなさんのおかげですよ。今日はシャーリーたちも喜んでますから、おっぱいも弾みますよ。いつにも増してぽよんぽよんっす」

「うわっはは！　じゃあ仕方ねえな、ふかふかの絨毯の上で飛び跳ねてくるかな！」

常連客は「店長にはかなわねえよ」と言いながら店へと入っていく。それとすれ違うように別の常連客が出てきたので、俺は「どうでした？」と聞いてみる。確か、このおっさんを担当したのはホノピーだ。

「あの新人エルフ、かなりいいよ。最初はがくがく震えて、いかにも慣れてませんって感じなんだけど、ぱふぱふ音頭の時間になるとしがみついてくるんだよ。『怖いるふ！　お客さん、助けてるふ！』ってさ。いやあ、斬新《ざんしん》な演出だよね。マジで女の子に頼られてる感じがして、おとぎ話の騎士になったみたいな気分になるね。やっぱり店長は天才だな」

うん。ホノピーは本気でぱふぱふ音頭がトラウマになってしまっただけで、それは演出でもなんでもないのだが、なぜかこんな風に客受けはいい。即戦力にならないと思っていた俺の嬉しい見込み違いである。

「おっと、本物の騎士様もお見えだ。まったく、俺たちを守るためっていつも威張ってるくせに、人殺しの一人も捕まえられないんだからまいるよねえ」

常連客の視線を追うと、そこには数人の騎士の姿がある。

ここに来て、殺人事件の犠牲者は二桁の大台に乗った。死んだのは全て娼婦である。

「街中がぴりぴりしてさ、なんか戦争でも始まるのかって気がするよ」

「そうですね。飽会の人も殺気立ってますしね」

俺はなんとはなしに巡回中の騎士隊へと目を向ける。すると無意識にルーシアの姿を探している自分に気づく。俺はまだ彼女と仲直りできていないのだ。

「あ、ルーシア――」

緑色のマントを着けた騎士の集団の中に、ひときわ目立つ金髪を見つけて、俺は声をかけようとした。また袖《そで》にされるかもしれない。それでも、殺人犯を捕まえるために街中を歩き回っている彼女の労を、一言ねぎらってやりたい。

だが、俺の声は尻すぼみに小さくなり、彼女に向かって伸ばした手も段々と高度を下げていく。彼女の隣で嬉しそうに笑う男の姿が目に入ってしまったからだった。

彼女と同じような金髪の、見るからに高貴な顔立ちをした王子様みたいなやつが、親しげに彼女の肩を叩いている。

王子様は何事かを話しかけながら、ルーシアはそれに笑い返している。

俺はその光景を驚愕と共に見つめていた。

そしてそんな俺に気づいたルーシアがこちらへ顔を向ける。

「……龍太郎」

「おっす」

ちょっと気まずいような顔をするルーシアに、俺はにこやかに手をあげる。笑顔というのは結局筋肉の運動だ。笑いすぎて頬が痛くなることもあるが、それでも俺は完璧な営業スマイルをどんな精神状態の時でも繰り出すことができる。

いつもの客引きの時のようにルーシアに軽口を叩いてやろうと思っていたのだが、どうしてだか声が出なかった。

「おや、こちらは？」

金髪の王子様が俺に笑いかける。俺の努力の結晶である営業スマイルを軽く飛び越えていくような完璧な笑顔。

もうそれだけで打ちのめされた気分になりながらも、俺は道化《どうけ》のように頭を下げる。

「どうも、お初にお目にかかります。ぱふぱふ屋マジック・ドラゴンの主人、龍太郎と申します。どうです、騎士様も休憩していきませんか？」

「……冗談を言わないでください。職務中にそんなことをしている暇はありません——いえ、たとえあなたの店が本当にただの食堂であったとしてもです」

出会った時からは考えられない冷たい口調。俺を助けて大事な試験をふいにしてしまった時でさえ、曇《くも》りなく笑っていたルーシアなのに。

だが俺はそんな機嫌の悪い彼女にも慣れてしまった。それが少し悲しい。

「ルーシア。せっかくのお誘いを──まあ、その内容はどうあれ──そんな風に切って捨ててはいけない。彼は善意で僕たちを誘ってくれたんだから」

フォローに回ったのはやはり王子様。宥《なだ》めるような口調がどうにも気になるが、気の強いルーシアが大人しく言うことを聞いていることから二人の信頼関係が伝わってくる。

「龍太郎。はじめまして。僕はカルロ。ルーシアの部下だ」

そう言ってカルロは握手を求めてくる。

部下という割にカルロはルーシアのことを呼び捨てにしていて、二人がどのような関係なのか尚更《なおさら》気にかかる。握手した俺の手を握ったままカルロがにやりと笑う。

「……今度、ルーシアには内緒で店に顔を出すから、その時はよろしく」

「カルロ！」

冗談めかして俺に耳打ちするカルロをルーシアが咎《とが》める。もちろん、カルロのほうもルーシアに聞こえるように冗談として言ったのだ。

「だが、ルーシア。君は娼館を嫌いすぎている。気持ちはわかるが、綺麗事だけでは人の営みは成りたたない。彼がしているのは必要なことだし、大切な仕事だと僕は思うよ」

「……法律で認められていることはわかっています。しかし、それでも私の感情は法よりも狭量《きょうりょう》なのです。私とて、ただの人間ですから」

なんだかもう二度とルーシアの笑顔を見ることができない気がした。

おざなりに別れを告げて、ルーシアたちは仕事へと戻っていった。その背中を見送ってから、俺は顔見知りの騎士の一人をこっそりと捕まえて二人の関係について質問した。

「ああ、あの二人は兄妹なんですよ。カルロさんがルーシア隊長のお兄さんですね」

それを聞いて俺はやっと安心することができた。

確かに二人は髪の色が同じだし、礼儀正しそうな雰囲気も似通っている。握手した時にちらりと見えたカルロの首飾りも、ルーシアと同じデガーン教徒のものだった。

「そっか。そうだよな。お兄さんか。仲よさそうでびびったよ。まさかそんなはずないだろうけど、恋人とかじゃないかって思っちゃったりして——」

「あ、恋人はあっちですね。あの一番後ろにいる目つき悪いやつ」

「え？」

騎士が指差すほうに目を向けると、妙に陰気な感じの騎士が背中を丸めてルーシアの後ろを歩いているのだった。

その男は俺たちの言葉が聞こえたのか、こちらに一瞬だけ目を向けた。

「……」

ぼさぼさの髪の毛、他の騎士と同じ鎧《よろい》姿なのにどこか薄汚れて見える風体《ふうてい》、そしてなによりも世の中全体を恨み切っているような濁《にご》った瞳。

騎士というよりも犯罪者と言われたほうが納得できる男。

——それがマッド・ファボットに対する俺の第一印象だった。

◈×◈

ぱふぱふ屋マジック・ドラゴンでは大切なぱふぱふ嬢たちのメンタルケアのために、店長とのお話会が定期的に催《もよお》されている。各人の好物の菓子を俺が買ってきて、それを摘《つ》まみながら最近の出来事や悩みを話すというだけのゆるーい会合だ。

本日のお相手は一番人気のシャーリーさん。

自慢の巨乳とお姉さんのような柔らかな雰囲気で、数々のスケベ親父を虜《とりこ》にするスーパーぱふぱふ嬢だ。さてさて、彼女はその豊満な胸にどんな悩みを抱えているのか——

「……ってことなんだけどさ、あのルーシアとマッドとかいう野郎がつきあってるって、おかしくない？　絶対に嘘だと思うんだよ。なあ、そう思わないか、シャーリー⁉」

「さあ……私からはなんとも……」

「ルーシアってつきあいはじめたら絶対、男に厳しくするタイプだよな。あの不潔騎士みたいによれよれの服とか着てたら『もう、龍太郎、服はきちんと畳んでおきなさいと言ってではありませんか。まったく、私がいないとすぐに怠《なま》けるのですから――これでは、四六時中見張っているしかありません。では結婚しましょう』とか言いそうだよな」

「はあ……それは店長の願望ではないでしょうか……」

シャーリはのほほんと菓子を摘まんでいる。

これだよ。この雰囲気に乗せられて、つい愚痴《ぐち》ってしまった。さすがはナンバーワンぱふぱふ嬢である。まさか反対に俺が悩みを相談することになるとは思わなかった。

「悪いな、シャーリー」

俺が頭を下げると、シャーリーはおっとりと手を振る。

「いえいえー。それよりも、私ちょっとびっくりしちゃいました。まさか、店長に好きな人がいるなんて……」

「いや、全然驚くことじゃないだろ」

嬢との会話において、客の悪口と恋バナは鉄板だ。まあ、恋バナが地雷の場合もあるので注意が必要なこともある。たとえばトーラとかには気をつけないといけないかもしれないが、俺の見立てではシャーリーの場合は心配ないだろう。

シャーリーは首を傾げながらクッキーを頰張る。

「ですが店長は他のお客さんのように、私たちをぎらぎらした目で見ませんし、非常に紳士的に扱ってくださいます。このお店が他と違うのは承知していますが、それにしても聞いていた苦界《くがい》の境遇とはあまりにも違います。こんな風にお菓子を食べながら店長が悩みを聞いてくれるなんて、他のお仕事でも聞いたことありませんよー？」

「まあ、なるべく君たちに気持ちよく働いてもらいたいからな」

そうでなくともこの業界は辛いことが多い。奴隷の身分では福利厚生にも限界があるが、メンタルケアだけは決して欠かしてはいけない。

「うーん、やっぱり紳士的ですねー」

シャーリーはなにやら感心している様子だが、勘違いは正しておかねばならない。

「いや、女の子の奴隷を買ってぱふぱふ屋経営している時点で紳士ではないだろ」

「それはそうですが、私が日頃見ている男性といえば、お客さんたちだけなものでして……いえ、決して文句を言うわけではないのですが、たまにどうしておっぱいにここまでするのだろうと疑問に思ってしまうのです」

「まあ男でないとわからないかもな。あの魅惑の丘陵《きゅうりょう》の誘惑は――」

「(あらあらー、失敗してしまいました。これは長くなってしまうやつですね)……ところで、店長。たまにふらっといなくなってしまうことがあるようですが、どこに行ってらっしゃるんですか？」

「ん？　客引きだぞ？」

俺はおっぱいに対する考察を中断し、シャーリーに向き直る。

にこにこと笑う顔からは、深い思惑は読み取れない。

俺は慎重に言葉を選んで言う。

「ちょっと離れた大通りに行ったりしてるんだよ。知ってるだろ、それくらい？」

「ふふ……そうですね。ですが、この前、トーラちゃんが店長から他の女性の匂いがすると泣きそうになっていましたよ」

「……」

「気をつけてくださいねー？」

「ああ……」

俺は逃げるように紅茶を飲むふりをして顔を隠す。そうかトーラは犬の獣人の血が少し混ざっているんだったか。

「これからは気をつけるよ」

「そうですねー。私たちはみんな店長に感謝していますけど、なかでも特にトーラちゃんは店長にめろめろなんですから、どうかお願いしますねー」

にこにこと微笑むシャーリーに、俺は苦笑いを返すことしかできなかった。

◈◈×◈◈

平凡な日常がゆっくりと折り重なっていくように、異常もまた然《しか》り。

殺人は継続され、娼婦の犠牲者は十五人を数えた。


娼館の経営者たちは危機感を募らせ、飽会のゴロつきや騎士のお坊ちゃんたちだけに最《も》早《はや》任せておけぬと、男衆《おとこしゅう》を集めて自警組織を形成した。マジック・ドラゴンにも声がかかったが、俺とタウリンと親父さんの誰が抜けても業務に支障が出てしまう。

こういう商売をやっていると横のつながりは決して無視できない。見回りの参加については返答を待ってもらっているが、できれば人手を出したいところだ。

「……消去法で考えると俺しかないんだけどな」

嬉しいことに最近はぱふぱふブームが到来し、一日や二日客引きしなくてもなんとかなるくらいの勢いはあるのだった。

うちの家族経営っぷりは余人《よじん》の知るところであるから、まさか自警団に参加したとしても毎晩見回りをさせられることもないだろう。三日に一度くらい、夜の見回りに参加するくらいなら現状でそこまで無理ということはない。

それでも、俺が参加を渋《しぶ》っているのは、理由があるからだ。

自警団に参加するまでもなく、俺はちょくちょく店を抜け出しているのだ。

今夜もトーラとシャーリーの目を盗んで店を抜け出し、俺が向かった先は坂道に所狭しと建物がひしめきあう住宅街だった。

アパートのように多くの住人が入居している集合住宅の一室が俺の目的地だ。

「……おーい、ベル。入るぞー」

ドアを叩くが返事はない。俺は合鍵を使って勝手に扉を開ける。

「ベル？」

部屋に踏み入ると、甘い女の体臭が匂った。そして鼻をつくような血の香り。

俺はため息をついてから彼女に呼びかける。

「ベル」

「……龍太郎」

青白い顔をした女が、床を雑巾《ぞうきん》がけしながら俺を見あげている。

床には血が零《こぼ》れていた。ちょうどコップ一杯分くらい。だから、俺がやってくるほんの少し前にベルがそれを吐いたのだとわかった。

「違うの、龍太郎。今日は調子がよかったんだよ。私、本当にさっきまで——」

「わかったよ、ベル。ほら、掃除くらい俺がやってやるから、君は安静にしているんだ」

慌てて弁明するベルの肩に手を置いて、俺は彼女から雑巾を奪いとった。

俺が手を触れる一瞬、ベルはびくりと怯えるような表情をした。それから恐る恐る俺の顔を覗き込む。

「……」

彼女がなにを恐れているのかはわかる。俺が血のついた雑巾に触れるのを嫌がらないかと、たまらなく不安なのだ。彼女はエフラフ病で、それは感染症であるためだ。

ベルは以前、娼館【蒼墓楼】で働いていた。接客中に喀血し、客や店主から見捨てられていた彼女を俺が医者へと連れていってやったのだ。

今では蒼墓楼の店主に頼みこんで俺が面倒を見ている。娼館での仕事も休ませている。彼女は腹に赤子を宿しているのだ。

「龍太郎……いつもすまないね」

「それは言わない約束だろ？」

血のついた雑巾をくみ置きの水で洗いながら答えると、ベルが慌てる気配を感じた。

「ご、ごめんよ。あんたとの約束、あ、あたし、馬鹿だから覚えられなくって……」

泣き出しそうな声で謝るベルに、次は俺が慌てる番だった。

「いや、待て。違うんだベル。今のは冗談。俺の世界では、こういう決まり切ったやりとりがあってだな――」

俺が説明するとベルはほっとしたような、呆れたような顔をする。

「――まったく。龍太郎にはいつも驚かされるよ」

ベルの声には、少しだけ怒気《どき》が混じっている。元来《がんらい》は気の強い性格なのだろう。

しかし今では病気と妊娠が重なり、さらに俺に対する恩義も感じているため、彼女の性格はかなり抑えられている様子だった。

「今日は医者に行く日だったな。どうだった？」

「病気もよくなっているし、お腹の子も順調だって。みんなあんたのおかげさ、龍太郎」

ベッドの上で愛《いと》おしそうにベルは腹を撫でている。

「この子が生まれてきたら、男でも女でもあんたの召使いにさせるから、待っておくれよ。なんでもあんたの言うことを聞くように育ててみせるよ」

それはベルがいつも言う決まり文句のようなものだった。

だから俺もいつも通りに答えようとして、少しだけ文句を変えた。

「おい、ベル。じゃあ、それを約束にしよう」

「え？」

「『それは言わない約束だろ』……だよ。俺は君の子の人生を奪うつもりはない。だから、二度と言わないって約束してくれ」

それから俺は買ってきた食料といくらかの金を置いて部屋を後にする。

部屋を出て、まっすぐにマジック・ドラゴンに帰ろうとして、ふとあることに気がついた。俺は袖を鼻元に持っていき確認する。

「……少し血の匂いがするな。このまま帰ったらまずいか」

昼間、シャーリーに釘を刺されたのだ。営業時間に店長が店を抜け出して、別の女のところに通っているなどと知られたら、店員の志気《しき》に影響する。

だが冷蔵庫もない世界で、日持ちのする干し肉みたいなものばかりを病人に食べさせていいはずがない。だから最低でも二日おきくらいには俺はベルの部屋に食料を届けるようにしていた。

では正直にシャーリーたちにベルのことを伝えればいいだろうか？

それもうまくない。ベルの食料を買う金は元はといえばシャーリーたちのおっぱいで稼いだものだ。彼女たちが肉体を売って稼いでいる金を他人のために使われるのは面白くないに違いない。この世界では社会保障とか公共福祉とかの概念が未発達なのだ。

仕方なく、俺は娼館街にあるブルーネの木を利用することにする。トーラのように獣人の血が混じっている家人を持つ者は少なくない。そんな男たちにも安心、浮気ばれ防止のための消臭魔法樹がブルーネの木だ。

育てるのに根気と費用がかかるらしく、ブルーネの木を利用するのは無料ではない。だというのに、俺の前に三人ほどの男が順番待ちをしている。それを見て、俺は疲れたようなやるせないような気分になりながら、大人しく列の最後尾に並んだ。

「おい、そこのおまえ、ちょっと待て」

俺が呼びかけられているのだとわかったが、すぐには振り返らなかった。

相手のほうから近寄ってくるのをどうしたものかと思いながら待っていると、それは足元から来た。

「うぐるるる……」

生まれてからプロテインしか与えませんでしたというような、パグに似た犬だった。そいつが俺を見てうなり声を上げている。

飼い主は二人組の男だ。宵の口で、まだ人通りも多い娼館街で、こんな物騒な犬をリードもつけずに散歩させるのはマナー違反ではないか。俺はよっぽどそう言ってやりたかったが、男たちが剣を抜いて近づいてきたので口を閉ざした。

「おまえ、なにをしてきた」

「今までどこの店にいたか答えろ」

二人組の男が口々に言う。剣呑な目つき。

「質問に答えろ」

一人が剣を俺の喉元に突きつけ、もう一人は背後へと回り込む。ブルーネの木の順番待ちをしていた先客や消臭屋はとっくに逃げ出している。

男たちの目は本気だ。本気で俺を殺す覚悟をしている。仕方なく俺は答える。

「……どこの店にも行ってないよ」

「ではなにをしていた？」

「――なんであんたたちにそんなことを言わなくちゃならない」

「おまえから血の匂いがするからだよ」

男の答えで、俺はとんだへまをしたことに気づいた。そしてこいつらの正体にも。

こいつらは殺人事件の犯人を待ち伏せていたのだ。犯人が娼婦を殺して、その匂いを消すためにブルーネの木を使うかもしれないと、血の匂いを嗅《か》ぎわけられる警察犬みたいな特殊な犬を使って俺のような間抜けを駆り立てているのだ。

俺はため息をこらえながら、剣を突きつけている男に優しく呼びかける。

「なあ。あんたたちの言いたいことはわかった。だが俺は――」

言いかけたところで、俺の言葉は二人組のうちの一人の顔を知っていることに気づいた。よれよれの服。ちりちりの髪の毛。私服捜査のためだろう、今日は騎士の服を着ていないから余計にみすぼらしくみえるが、そいつは紛れもなくマッド・ファボットだった。

「ん、なんだ？　俺の顔になにかついているのか？」

向こうは俺のことを覚えていないらしい。ルーシアの彼氏という男。俺は初めて間近で見るそいつをじろじろと観察した。やっぱりどう見てもルーシアに似つかわしくない。

俺に観察されていることが不快だったのか、マッドは気が立った様子で胸元のペンダントを手でいじくっていた。それには大樹から無数の花びらが落ちる様が彫られている。ミミが崇《あが》めている神様――確か、ラクサビスムという神の紋章だった。

こんなやつでも神様を大事にしているのかと少しだけ、意外に思った。

「おまえ――」

「もしかして龍太郎ではないですか？」

マッドの声を遮るように、鈴を転がしたような美しい声が聞こえてきた。

俺だけでなく、マッドたちも緊張したようにその声に振り向く。

「隊長」

「ルーシア」

俺と、俺に剣を突きつけていたマッドの声がかぶる。

俺たちは目を見あわせながら、難しい顔をして黙りこむ。

「……龍太郎。なぜだか、あなたは会うたびに殺されかけている気がしますね」

ルーシアが、金色の髪を夜風になびかせながら、俺のほうへと歩み寄ってきた。

◈×◈

「それで龍太郎、私には本当のことを教えてくれますね？」

マッドたちと同じく、ルーシアも私服で捜査しているようだった。水色のワンピースで、ところどころ白いフリルがついている。体のラインが見えづらい服だ。

元から品のいいルーシアがそんな服を着ると田舎に避暑に着たお嬢様みたいに見えて実に可愛いらしいが、酔っ払いと娼婦の多い街に溶けこむという目的にはそぐわない。

それでいて本人は「私の変装は完璧ですね」とでもいうように自信満々なのだ。彼女はいつかのように階段に腰掛けると、俺にもそうするように促してくる。

少し迷ってから、俺はちょっと離れた場所に腰を下ろした。

「……手間をかけたな、ルーシア。俺はその——ちょっと知り合いの娼婦の部屋に行ってただけなんだ。俺は犯人じゃない」

「知っています。ですが、部下の手前、私もきちんと事情を聞く必要があるのです」

なんてことのないようにルーシアは言う。

さっきもそうだ。俺を尋問しようとする騎士二人に対して、ルーシアは「彼は私の友人です」と言って、あっさり退けてしまったのだ。

私の友人——その言葉とは裏腹にルーシアはよそよそしい。

俺がぱふぱふ屋をやめないことに怒っているのだ。

俺にだって事情はあるのに——

その時、なぜか突然俺は、ルーシアに対して苛立《いらだ》ちにも似た、ささくれだった感情を抱いた。彼女に助けられた直後だというのに、だ。

「……娼婦の部屋でなにをしてたか聞きだすつもりか？　事細かに話したほうがいいんな

らそうするけど、きっとあんたは不快な気分になると思うな」

「ええ、かまいません。それが私の仕事ですから」

俺の嫌みったらしい言葉を、ルーシアはつんとすました横顔で軽く受け流した。俺はなんとか喉元まで出た怒声を飲みこんで、

「——やっぱり、言うのはやめた。彼女が嫌がるかもしれないからな」

「そうですか」

挑発されていることはわかりきっているのに、ルーシアは表情を崩さない。

「あなたが話したくないなら、それ以上は聞きません。いいでしょう。部下には私が言い含めておきます」

そう言って、彼女は立ち上がる。尋問《じんもん》終わり。これで解散。

——は？　嘘だろ？

しかし、ルーシアは本当に背を向けて歩きだしてしまう。さっきは部下の手前、俺から話を聞かなければならないと言ったのに、本当に俺をこのまま帰すつもりなのだ。

それが俺の望みだから、たとえ部下からの信頼を失ったとしても、彼女はそれを叶《かな》えるのだ。巫女の試練に落ちてまで、俺を助けた時のように——

バランスがおかしい。ルーシアはぱふぱふ屋の件で怒っている。だが、俺を助けることは躊躇《ちゅうちょ》しない。彼女の中で、自分の感情と人助けとは完全に切り離されているのだ。

「……っ！」

思わず立ち上がっていた。怒鳴りつけるのをなんとかこらえる。

ルーシアは俺を助けてくれたのだ。怒るのは筋違いだ。恩知らずも甚《はなは》だしい。

──だが、そんな俺の気配を感じてルーシアが足を止める。

「ところで龍太郎。先ほどから、なにか言いたそうですね」

喧嘩腰ではなかった。本当に、彼女は善意でそう口にしたのだ。

授業の最後、「では質問のある人はいますか？」と確認する教師のように。

子供の疑問には答えるのが大人の義務だと彼女は考えているのだ。

──我慢の限界だった。俺は叫んだ。

「マッドって男とはどういう関係なんだよ！」

「え？」

ルーシアが首を傾げる。

「は？」

俺の口からもそんな間抜けな声が出る。

多分、今、俺もルーシアも同じ疑問を抱いているに違いない。

──なんで今ここでその質問？

本当は「なんで俺なんかを助けるんだよ！」と叫ぶつもりだったのだ。

俺なんかのために我が身を顧《かえり》みず行動するルーシアに苛立っていた。

だが、実際に俺が叫んだのは――

顔から火が出る思いだった。ルーシアはわけがわからず硬直しており、俺はといえばもう恥ずかしさやら後悔やらで完全に死んでいた。

救いの手は頭上から降ってきた。

「あのさあ、痴話《ちわ》喧嘩ならよそでやってくれるかな」

二階の窓から顔を出して、ベルが呆れたように言う。

「とりあえず、あんたら二人とも上がってきなよ。いい加減、近所迷惑だからさ」

◈×◈

知らず知らずの間に、俺とルーシアはベルの部屋の前まで移動していたらしい。俺は頭に血がのぼっていて、そんなことにさえ気づかなかった。

ベルの強い勧め――というか、有無を言わさぬ命令があったため、俺とルーシアはベルの部屋に転がり込んでいた。

「……というわけで、あたしはそこの龍太郎に救われたんだよ」

ベッドに寝そべったまま、ベルはルーシアにこれまでのいきさつを説明していた。

「なるほど。人助けですか。龍太郎らしいといえばらしいですね」

うんうんとうなずくルーシアにも、ベッドの上からじっとこちらを睨みつけているらしいベルにも目を向けず、俺は天井のしみを眺めている。

女の匂い。血の匂い――そして、ルーシアの匂い。

頭を振る。狭い密室の中、それもこれほど彼女の近くにいたことはかつてなかった。だから今日、あらためて気づいたことがある。ルーシアは花の香りがする。

「……ということで、龍太郎は私が拾ったのです」

粗末な椅子に腰掛けルーシアはベルに俺と出会ったいきさつを説明していた。

「なるほど。助けられた相手に怒鳴り散らしたわけだ。龍太郎らしくないね」

「でしょう？」

ルーシアとベルがそろって俺のほうを見る。

この話の結末は予想できていた。二人は声をそろえて言う。

「龍太郎が悪い！」

「……まったくだ。返す言葉もない」

俺は素直に頭を下げる。「ごめんなさい」の言葉を添えるのも忘れない。

今になって思う――どうして恩人であるルーシアにあんな無礼ができたのか。数分前の自分をくびり殺してやりたい気分だった。

「ごめん。本当に悪かった。もう二度としないから、許してくれると助かる」

「いえ、確かに憤《いきどお》りもあるのですが、それ以上に不可解です。龍太郎はどうしてマッドとのことを――」

「あー、ルーシア。そのことはとりあえず置いといたほうがいいんじゃない？　この男、多分、本当に反省しているから」

ベルが口を挟むと、ルーシアはきょとんとした顔を見せたが、すぐにうなずいた。

「わかりました、ベル。あなたの助言に従いましょう」

どうしてだか、ルーシアはこの身重《みおも》の元娼婦が気にいったようだ。十年来の友人の言葉のように素直に耳を傾けている。

ベルはそんなルーシアの反応が楽しいらしく、にやにやと笑っていた。

「うんうん。素直が一番。素直じゃない龍太郎には、少しおしおきしたほうがいいよ」

「では、素振りでもさせましょうか。私が部下を叱《しか》る時は、だいたいそれです」

「それもいいけど、もっといい罰がある。龍太郎に、マッドとの関係を内緒にするんだよ。そうすれば、この男は夜も眠れなくなるさ」

「なるほど」

俺は顔を上げた。ベルのやつ、なんてこと言いやがる。

「おい、ちょっと待て――」

しかし、俺が抗議しようとするとそれに先んじて、

「女同士の話だよ。男は黙ってな。たとえ、あんたが、あたしの命の恩人でもね」

命の恩人、という部分を強調してベルは言う。

俺にとってルーシアが命の恩人であることを当てこすっているのだ。

「くっ……」

「さて。龍太郎も大人しくなったことだし、あたしの出番はここまでだね。あとはあんたたち二人の問題だ。ルーシア、今なら龍太郎はあんたの言うことをなんでも聞くし、ある一つの疑問以外ならなんでも答えるよ」

「ある一つの疑問、ですか？」

ルーシアが首を傾げる。ベルはつきあっていられない、とばかりにぞんざいな様子で手を振りながら、

「さっき怒鳴った理由だよ。それにさえ触れなければ仲直りできるだろうさ。さあ、二人とも、今日は帰りな。病人の部屋にいつまでもいるもんじゃないよ。たとえエフラフ病がそういうことをしないと移らない病気でもね」

威勢のいいベルのかけ声に押されるように、俺たちは部屋を追いだされた。

ルーシアになんて話しかけたらいいかわからず、俺は景色の中に話題を探しながら歩く。

娼館街の外れにある長屋《ながや》の外は、まん丸の月に照らされた夜道に、カクカクした建物の

影が突き出ている。まるで影絵の世界にでも迷いこんだよう。

空を見上げれば月が、せめて色が青かったり夜空に二つ浮いていたりすれば異世界という気がするのに、元いた世界となんら変わることのない堂々とした月が浮かんでいる。

「ベルは不思議な人ですね」

ぽつり、とルーシアが小さく笑いながら言う。

「彼女は心から龍太郎に感謝しています。少し見ただけでもそれはわかります。ですが、さっきのように龍太郎を突き放すようなこともします。それが、とても、不思議」

節を区切りながら、歌っているようなルーシア。

俺は、そんな彼女の顔を見ることができない。

「龍太郎。私はあなたに少し怒っていたのですよ」

とっておきの秘密を打ち明けるような口調だが、そんなことはわかっている。

ルーシアくらい気のいい女が、差し入れを断ったり目もあわせようとしなかったりすれば、それが怒っている以外のなんだって言うんだ。

「ですが先ほど、ベルと話していて、どうでもよくなってしまいました」

機嫌のよさそうなルーシアの声を、そう言えば久々に聞くのだった。

もっと違うシチュエーションだったならば、俺はそれを心置きなく喜べたに違いない。

天使のようなルーシアの笑い声。

「龍太郎、あなたは、本当に女の子を助けていたのですね。いいえ、決してあなたの言葉を疑っていたわけではないのですが、ベルを見て、私は初めて実感したのです」

「ああ。俺は娼婦を救う。たとえ、君に嫌われても。俺には、それしかできないから」

「……食堂も立派な仕事です。人々の空腹を満たす仕事では、あなたは満足できないのですか？」

ルーシアの口調が変わる。怒っているというよりも、むしろ哀れむような声色に、俺はしばし返答をためらった。

「ベルは言いましたね。龍太郎は一つの問い以外ならば答えると。さて、あなたは彼女を嘘つきにするつもりですか？」

「わかったよ。正直に答える……なあ、ルーシア。娼婦は酷い商売だ。体力仕事だし、見ず知らずの男に自分の一番無防備な姿をさらさなければならない。変な客も大勢いるし、仲間や店員とのトラブルだって日常茶飯事《さはんじ》だ。でもそんな娼婦よりも、もっと辛い職業がある。なんだかわかるか？」

ルーシアは悩んだ。俺の問いかけに真剣に考えようとしている。

きっと少し待てば彼女の口から、なんらかの答えが聞けただろう。それはルーシアの価値観を理解する一助になったはずだ。だが、俺は彼女の答えを聞く前に口を開いた。

「この世でもっとも惨《みじ》めで辛い職業は、客が取れなくなった娼婦だ」

――冬華母さんのことを思いだす。

病気に倒れた母さんの最後は酷い有様だった。一日中吐き気と頭痛と闘い、それでも店に行こうとして、最悪の体調で客にサービスしようとしてやっぱりへまをした。客に怒鳴られ、店員にどやしつけられ、同じ店の嬢からは病気が移ると文句を言われる。

しばらく休んで、元気になってから働けばよかったのかもしれない。でも、あの時はそんな余裕はどこにもなかった。八人いた母さんはもう散《ち》り散《ぢ》りになってしまって、あの狭いボロアパートの一室には冬華母さんと俺しかいなかったのだ。

――龍太郎、ごめんね。ずっと一緒にいる、できなくて。

片言の日本語で、何度もそう謝られた。

中国から出稼ぎに来ていた母さんが、毎月故郷へ送金していたことを俺は知っている。中国のどこかには冬華母さんの家族がいて、彼女の仕送りをあてにしているはずなのだ。きっとそれは俺のように血のつながらないでき損《そこ》ないの息子ではなく、彼女の本当の肉親のはずだった。それでも、冬華母さんは一度も中国に帰りたいと口にしなかった。

――お金を稼いで、もっといっぱい稼ぐよー。だから仕事行かなくちゃ。

仕事に行かなきゃ、それは冬華母さんが毎日のように口にしていた言葉だ。

――仕事あれば、お金もらえる。龍太郎、お金ないと、辛いよー。

がりがりに痩せて、骨と皮だけになった冬華母さんは、本当に最後の日までそんなことを言っていた。いくら俺が寝ていてくれと頼み込んでも、だいじょーぶ、だいじょーぶ、今日は調子がいいからと起き上がろうとするのだ。

でも結局、そんな体力もなく、彼女は寝床から出られなかった。

俺が十五歳の時のことだ。真夏の暑い日だった。

俺はバイトを休んで一日中冬華母さんのそばにいようとしたが、俺が休むと冬華母さんが仕事に行こうとし始めるので、仕方なく引っ越しのバイトに行った。

その日は大学生の部屋だったのを覚えている。本がぎっしり詰まった段ボールを何箱も運んでへとへとになり、それでも余力を振り絞って自宅に駆け戻ると冬華母さんは息をしていなかった。

彼女は玄関の近くで倒れていた。俺が出かける時はパジャマを着ていたのに、いつの間にか外出着に着替えて、きちんと布団も畳んであった。

仕事に行こうとしたのだと、直感的に理解した。

それが、客のつかない娼婦の姿だ。

俺の目に今も焼きついて離れない、女の、人間の、一番哀れな姿――

「……だから、他の仕事じゃだめなんだ」

俺は健康で、体力もそれなりにあって、口もうまい。稼げる仕事なんて他にいくらでもあるのかもしれない。でも、客の取れない娼婦を救うのは、呼び込みが一番なのだ。

確かに、一度は俺も食堂の呼び込みで生きていこうと考えもした。だが、初めてベルに会った日、俺はそのことを思い出したのだった。

「──わかりました、龍太郎。私が間違っていました」

俺の話を聞き終えたルーシアは、静かにそんなことを言う。

「あなたは誰にでも誇れる仕事をしています。もう私はあなたのことを止めません」

「……でも、君の助言を無視してしまった」

「私のほうが間違えていた、と言ったのです。顔を上げ、胸を張りなさい、龍太郎。あなたは冬華の息子で、他に七人の母を持つ竜の子供なのですよ」

歩いていた足を止め、ルーシアは俺に手を差し出す。

それが握手を求めているのだと、しばらく俺は気づかなかった。

「仲直りをしましょう、龍太郎」

「……いいのか？」

女性が体を売ることは絶対に間違っていると言い、女性の弱みにつけ込んで金を稼ぐ男と俺が同罪だと言い切ったルーシアだった。

そんな彼女に理解してもらえるとは、正直思っていなかった。

風俗店の店員は、風俗嬢にはもてるがそれ以外の女性にはからきしなのだ。

「私の言うことはなんでも聞くとも、ベルは言っていましたね」

ルーシアの柔らかい手を握りながら、彼女の声を聞く。

そんな状況ではもう、俺にはこう答えるしかできない。

「別にベルとの約束じゃなくったって、なんでも聞くよ」

「では、私と共に娼婦殺しを捕まえなさい、龍太郎」

どうせ自警団の捜査に加わるか悩んでいたのだ。それならばルーシアに協力するのも変わらない。俺は一も二もなくうなずいた。

するとルーシアは神妙な顔をして、

「龍太郎、耳を」

と、言うが早いかもう俺の耳元に口を近づけている。彼女の息づかいさえ聞こえる。心臓が早鐘《はやがね》を打って、今すぐここから離れるんだと理性が叫ぶ。

だが、続いて彼女の口から飛び出してきた名前が俺の興奮を静めた。

「マッドのことは秘密にしろとベルは言いましたが、仲直りをしたのだからもう無効でしょう」

ルーシアの恋人だというだらしのない男。つい先ほど、俺を逮捕《たいほ》しようとしたあの男の顔を、俺は鮮明に思い出すことができた。

「……聞かせてくれ。マッドと、君のことを」

緊張に胸が張り裂けそうだ。俺は、告白の返事を待つようにルーシアの言葉を待った。

そして、ルーシアはついにそれを口にした。

「信じがたいことですが——我が緑祭の騎士団の中に下手人《げしゅにん》がいる可能性があるのです。一番怪しいと私が疑っているのは、そのマッド・ファボットです」

第6章◈闇の淵より来たる

ぱふぱふ屋マジック・ドラゴンの朝は遅い。

夜中まで接客しているシャーリーたちはもちろん、料理係の親父さん、用心棒のタウリン、そして当然俺も、起きるのはお日様が真上に昇る頃になってからだ。

唯一の例外はミミである。彼女は朝市で食材を仕入れてくる関係で誰よりも早起きだ。だから夜も早くに休んでいいと言っているのに、彼女は「昼寝してるから大丈夫だよ」と閉店まで一階で料理やら酒やらを運び続ける。

そんなミミを差し置いて、店長たる俺が夜も更けると早々に仕事を切り上げる件についてみんなはどう思っているだろうか。

「じゃあ悪いな。今待っている客が全員終わったら店を閉めてくれ。金勘定《かんじょう》は帰ってきたら俺がやるから、親父さんも寝ててくれていいからな」

「あいよ」

厨房から野太い返事が返ってくると、俺は体を小さくして店を出る。娼婦殺しを捕まえるためだ。誰にも後ろ指さされることはない。

それでもこんなに後ろめたいのは、きっと俺にとってこれは義務ではないからだ。

路地を走り、待ちあわせ場所に行くと彼女がいる。

「龍太郎」

彼女が小さく手を上げる。昨日より少しだけ露出が増えたが、まだそれでもお姫様がお嬢様になったくらいの差異しかない。髪に白い大きな花の飾りがついている。

俺が短い距離でもあえて走ったのは、心臓の鼓動だとか紅潮《こうちょう》した頬だとか、色々と隠すためだ。それにこっちのほうが待ちあわせにふさわしいはずだ、と思う。

昨夜のことだ。マッド・ファボットが第一容疑者だとルーシアは言った。

「まず私は、下手人を絞り込むために三つの層に分類しました。ならず者、騎士、そしてそれ以外の人々です」

細い指を折りながらルーシアは説明する。

「これは捜査範囲での区分です。ならず者とはシグルドを筆頭とする下郎《げろう》です。下郎は厠《かわや》の底を這《は》いずる虫よりも汚らわしい存在ですが、下郎には下郎なりの誇りがあり、膝元で娼婦が殺されたシグルドは、躍起《やっき》になって下手人を捜しています」

相変わらず、普段の彼女からは考えられない言葉遣いでシグルドたちのことを馬鹿にするルーシアだった。

「シグルドはこのブレスコットの下郎全体を見回しており、今回の件に限っては彼に手落ちはないように思えます。とすると、騎士かそれ以外の者が下手人ということになります。我々騎士は街全体を隈《くま》なく見回しており、この監視を欺《あざむ》くのは極めて困難です」

「ならず者はならず者が監視し、騎士は一般人を監視している……あー、それで消去法で騎士団の中に犯人がいるって考えなんだ」

「簡単に言ってしまえばそういうことです。実際には、私の経験や勘から総合的に判断した結果なのですが……」

「なるほどな。騎士の中に犯人がいることについてはわかった。じゃあ次に、マッドが怪しいって理由は？」

俺が尋ねるとルーシアは一瞬だけ目を閉じた。痛みに耐えるような表情。

飄々《ひょうひょう》とした口調を装っているが、身内の恥という言葉では済まされないほど、彼女にとっては重いことなのだと理解できた。

「騎士団は時間と場所をずらしながら街中を巡回しています。それで、前回の死者が出た時に、マッドを含む三人の騎士が巡回していたすぐ近くで殺人が起きたのです。しかも殺人が起きた時間帯に、マッドはなぜか単独行動をしていました。このことは、残りの二人と私、そして団長しか知りません」

「マッドには話を聞いてみたのか？」

「当然です。彼は『極秘《ごくひ》の情報筋にあたっていた』としか答えませんでした。それ以外にも、マッドは騎士団の会計書類や巡回路を記した極秘書類を盗み見て懲罰になったこともあるのです。確かにマッドはならず者たちに顔が利き、それが重要な情報に結びつくこともあるのですが——しかし、今回は不明な点が多すぎます」

俺は、マッド・ファボットについて語るルーシアの口調が気になった。

どうにも彼女は本当にマッドのことを疎《うと》んじているように聞こえる。仲間を疑う葛藤《かっとう》こそ見え隠れしているものの、それ以上の感情が見えてこないのだ。

いつか騎士が言ったように、マッドがルーシアの恋人だったら、もっと違った反応があるのではないだろうか？

「……ちなみに隊長としてではなく、ルーシアは人間としてマッドのことをどう思っているんだ？」

「戦士としての実力は認めますが、騎士としてはどうかと思います。彼は身だしなみに無頓着すぎる。紳士ではありません」

「……へえ。じゃあさ、恋人にするなら、どう？　……なんて」

「？　恋人ですか？　いえ、考えたこともありませんが、そうですね。過去に考えなかったということは未来にもないでしょう。私も母から結婚をせっつかれている身ですが、もしマッドを私の恋人だと紹介すれば、きっと母は卒倒するに違いありません」

それは本心からの言葉に思えた。

「ちなみに風の噂で聞いたんだけど、君たちが恋人だっていう話は――」

「ああ、それは私がマッドにしばらく張りついていたことがあったからです。そのような噂が隊で広まったのは私も知っていますが、あえて訂正しませんでした。そのほうが捜査に便利だと判断したからです」

と、これが昨夜ルーシアと話した内容のすべてである。

その後、実によく眠れたものだった。


「ルーシア、お待たせ」

「いえ、私も今来たところです。謝罪の必要はありませんよ、龍太郎」

定番の台詞を口にするルーシアに、俺は頬が緩むのをとめられない。

「仕事を抜け出しての助力、痛み入ります。しかし下手人を捕えればあなたと、そしてあなたの守るべき女性たちの利益にも繋がるはずです。よろしくお願いいたします」

「いいって。わかってるって。じゃあ、早速行こう」

律儀《りちぎ》に頭を下げるルーシアに手を振り、俺たちは歩き出す。さて、では捜査方針の打ち合わせだ。俺は、どんなことを手伝えばいいのかルーシアに尋ねた。

「聞き込みを手伝ってもらいたいのです。騎士団の中に下手人がいるとしても、まず外堀から埋めていくのが妥当でしょう」

予想通りだった。というよりも、俺にできることなんてそれくらいしかない。

俺は娼館に顔が利くようになってきたし、堅苦しい騎士様よりも突っこんだ話が聞けるに違いない。ルーシアはそれを期待している。

「了解。じゃあ、どこから始めるか希望はあるか？」

「端から端まで当たっていくつもりですので、目についたところから行きましょう」

好戦的な顔のルーシアに俺は文句一つ言わない。それも予想通りのことなのだ。

予想を外されたのは、聞き込みを開始してすぐのことだった。

「ひっ——ルーシア・キューベル」

化粧の濃い中年女が、自分の娘のようなルーシアを見て顔色を失っていた。

箱に突撃するよりも通りで鴨《かも》を狙ったほうが手っ取り早い——そんな単純な判断から、俺たちはまず辻《つじ》に立って客を引く娼婦に声をかけていた。

ここらの通りで客を引く娼婦なんて、もうほとんど顔見知りだ。その中年女も何度か会話したことがあり、酒を一杯おごってやったこともある。見返りなんか求めてなかったが、その貸しを返してもらおうと声をかけた途端——先の反応である。

「あー、待て。俺だ。マジック・ドラゴンの店主だ。今日はちょっと世間話をするだけだ。ルーシアはただのつき添い」

「つき添い？　……でも、ここらを【蛮勇《ばんゆう》の戦女神】が聞き込みで回ってるって話だ。あ、あんたは、あたしを騎士宿舎に連れていっちまうつもりなんだろう⁉」

俺とルーシアは思わず顔を見あわせる。ルーシアは無言のままに肩をすくめ、「これがあなたに頼んだ理由です」というような顔をする。

「落ち着いてくれ。俺たちは本当に話を聞きたいだけだ。酷いことはしない。約束する。ここで少しお話しして、俺たちは行く。あんたは仕事に戻る。それでどうだい？」

「……ほ、本当だろうね？」

それでようやく話を聞きだせる——と思ったのだが、その女はまだびりまくっていた。

ルーシアが質問するとそれに答えずにうつむいてしまうのだ。

「昨日の今くらいの時間、あなたは誰かと一緒にいましたか？」

なんて質問に答えないならまだわかる。客に対する守秘義務を守っているのかもしれないし、あるいは逆に客が取れなかったことを恥じているのかもしれない。だが、

「殺人の下手人が誰だかわかりますか？」

こんな「知りません」で済むような簡単な質問にさえ答えないのだ。

じゃあいっそのこと俺たちなんて無視して逃げ出してしまえばいいのに、その中年女はルーシアに背中を向けると叩き斬られるとでも思っているのか、時折《ときおり》うかがうようにルーシアへと視線を向けてはまた息を飲むといった不毛な行為を繰り返しているのだった。

「……なあ、本当に少しだけ答えてくれればいいんだ。俺はあんたが俺たちの望んでいる

情報を知っていようが知っていまいが、あんたをどうこうするつもりはない。むしろ、そうやってぶるぶる震えられると、どうしていいかわからなくなっちまうよ」

「龍太郎」

ルーシアが首を振る。俺はため息をついて、中年女に「ご協力、感謝します」と馬鹿丁寧に頭を下げてやった。

しばらく離れてから、俺はルーシアにどういうことだと理由を尋ねた。

「あれが普通なのです。いえ、まだましなほうですね。助かりましたよ、龍太郎」

「おいおいおい……」

冗談じゃない。俺の想像していた聞き込みとなにもかも違う。あれは俺の世界では「話にならない」と評するレベルだ。

「あれが、新緑の風に乗って勝利を運ぶ者の威光ってやつなのか？　それとも蛮勇の戦女神さんのご加護ってこと？」

「……龍太郎はもしかして私を怪物かなにかと誤解しているのですか？」

「いや、だって――」

はあ、とため息をついてルーシアが立ち止まる。

「龍太郎。先ほどの女性の腕輪の色を見ましたか？」

「ん？　ああ、白だろ。娼婦に一番多い色だ」

こっちの世界で暮らして覚えたことがいくつかある。初対面の人間と会う時、その人の顔立ちよりも先に腕輪を確認するのだ。

腕輪は所持者の身分を表している。俺のように期間限定つきの滞在者ならば赤、管理されている奴隷なら白、管理されていない奴隷は黒だ。そして領民は空のように澄み渡る青だ。腕輪の色は魔法で管理されているため、ごまかしが利かない。

「奴隷が最下級身分だとしてもおかしいだろ。なんだったんだ、あの態度は？」

マジック・ドラゴンに来る騎士などは、シャーリーたちと普通に会話している。もちろん、でかい態度をとる男はどこにでもいるが、それで奴隷であるシャーリーたちがあれほど怯えるってことはない。

「それは日常的な会話のことでしょう？　今回のような事件ともなれば話は別なのです」

「どういうことだ？」

「この世界の法律の問題なのです——つまり奴隷は様々な制約を負っています。そのうちの一つに、証言能力の低さというものがあります」

「証言能力？」

「……奴隷は基本的に主人の所有物です。ですから、犯罪の重要な証拠を握っていた場合、事実にかかわらず主人に有利になるよう証言する義務が生じます。しかし、犯罪の証言も告白しなければならない。その場合、奴隷は背反《はいはん》する二つの義務の板挟みとなります」

「まあ、確かに……」

言っていることは理解できる。実際は奴隷は主人のためになるような発言をせず、あえて主人に意趣返《いしゅがえ》しするために不利になるような発言をすることのほうが多い気がしたが、その場合も発言の有効性が疑われる。

つまり、それが証言能力の低さということだろうか。しかし――

「でも、それって別に奴隷に限らなくないか？　誰だって自分に都合のいいように嘘をつくし、それを見越して捜査に当たるわけだろ？」

「ええ、ですが、問題は彼らが奴隷だということなのです。領民とは違います。ですから、奴隷が犯罪に関わる重要な証言をする場合は、騎士は奴隷を拷問《ごうもん》にかけることが認められています。いいえ、それどころか、奴隷の証言は拷問によって得られたもののみが、裁判で証拠として認められる価値を持つのです」

「なっ――」

なんだその馬鹿な話は、と思わず叫ぼうとした瞬間、俺は唐突に今の今まで忘れていたことを思い出した。

確かガキの頃読んだ漫画だ。古代ローマだかギリシャだか、そのあたりを舞台にした漫画で、今のルーシアの話と全く同じことがあった。漫画の詳しい内容は覚えていないが、悪役の台詞だけは覚えている。

『奴隷の言葉は鳥の羽よりも軽い。だから石を抱かせて重りをつけなきゃいかん』

その漫画では、たまたま強姦《ごうかん》殺人を目撃していた子供の奴隷に対して、その目撃証言が真実かどうかを確かめるために拷問にかけていた。そうしないと、証拠にならないからだ。

鳥の羽よりも奴隷の言葉は軽く、命も尊厳もまた軽々しく扱われていた。

世界が違っても人間の想像力とか法律はある程度似通ってくるのだろう。

たぶん、大昔には俺たちの世界でも似たような法律があったはずなのだ。

「なるほど。馬鹿馬鹿しいが、それで彼女は発言を渋っていたのか」

「――ええ。古くからある法律です。実際には、それが理由で捜査が進展しないことのほうが多いのですが、なかなか改正されません」

その言い草から、ルーシアがこの馬鹿げた法律に悩まされていることに気づいたが、もっとも悩んでいるのは奴隷たちに違いない。

「ちなみに俺が証言する場合も拷問されなきゃならないのか？」

「いえ、その腕輪が赤いうちは領民と同様に扱われます。ですが期限を過ぎるまでに領民権を得るか、次の滞在査証を購入できなければ、あなたも奴隷になってしまいます」

俺が元いた世界は人類平等などとお題目《だいもく》を唱えてはいるものの、ずいぶんと境遇に差があるものだと思っていた。しかしこっちの世界のように平然と人間に階級差ができているとここまで酷くなるのかと見せつけられた気がした。

「ですが龍太郎がいてくれたからこそある程度の反応も引き出せました。さっきの彼女はなにも知らないに違いありません。さあ、気を取り直して次に行きましょう」

「しかしなあ……このままだと効率が悪すぎるだろ……」

「効率を気にするのは結構ですが、それればかり考えていると最初の一歩を踏み出せませんよ。さあ、龍太郎。次です、次」

ルーシアは元気いっぱいだが、どうしても俺にはこれがいいやり方には思えなかった。

「うーん、でも、ルーシアは有名人だから変装しててもすぐにばれるし……変装がばれてもこちらの意図を理解させるためには——あ」

閃《ひらめ》いた。

要は相手はルーシアが騎士だから怖がっているのだ。変装をしていても、それは任務の一環だと思われてしまう。そうすると奴隷にとって行き着く先は拷問だ。だから、ルーシアが任務から外れた動きをしていることを理解させればいいのだ。

「ルーシア、少し着替えてもらいたい服があるんだ——」

◈◈×◈◈

「コスプレ……とはどういうものでしょう？　変装ならば、今もしていますが」

まず間違いなくこちらの世界にコスプレという単語はないはずだが、言霊の力もあってルーシアには大体の意味が伝わったようだ。

「変装ってのは、別人になりすますために装いを変えることだ。それだとルーシアだってばれたら終わりなんだよ。コスプレは、ルーシアをルーシアのまま、別のキャラで上書きするってことさ」

言霊の力を借りてもルーシアは俺の意図を理解しなかった。しかし、彼女は大人しくそれに着替えてくれた。

「……龍太郎。本当に、これでいいのですか？」

「――完璧だ」

夜でも開いているブティック――というよりも貴族御用達《ごようたし》の貸服屋、主人が起きてさえいれば多少の無理は聞いてくれる店で、俺たちは向かいあっている。

ルーシアは、黒のタキシードとロングコートの中間みたいな服を着ている。こちらの世界の礼服らしい。彼女の美しい金髪は首のあたりでひとまとめにしてある。

白い手袋をつけて、元から立ち居振る舞いがぴりっとしているルーシアは、どこからどう見ても完璧な執事だった。

「……龍太郎の言うコスプレとは、つまり男装のことなのですか？」

「似ているがちょっと違う。今のルーシアは確かに男の服装をしているが、君ほどの美人を男と見間違える馬鹿はいないよ。どこからどう見ても、男の服装をしているルーシアだ。それでいいんだ」

「──はあ。まさかとは思いますが、私をからかっているのではないでしょうね？」

「まあまあ、やってみればわかるって。さて、聞き込みを開始しよう」

たとえ聞き込みが失敗しても俺的にはルーシアのこの姿を見られただけで大満足である。正直、金を払ってもいいくらいだ。

露出だけが女の魅力を引き立てると思っている馬鹿は、一度このルーシアを見てほしい。凛々《りり》しさの中に隠しきれない美しさが、情事を覗き見るような背徳感となって背筋を震わせる感覚を抱くに違いない。

娼館街まで戻ると、いくらか客引きが減っている。もう深夜にさしかかろうという時間で、日中に働いている大多数の人々は夢の中にいるはずだ。

それでもまだ粘っている何人かの娼婦たちは、つかず離れず微妙な間隔を開けてお互いを視界にいれられる位置で突っ立っている。殺人鬼が跋扈《ばっこ》している今の街で、人目のない場所で商売をやるような命知らずなまねはできないだろう。

よく考えたら、俺にだって危険はある。だというのに、俺がこれほど呑気に歩いていられるのは、並んで歩いているルーシアの存在がそれだけ大きいからに他ならない。

そのルーシアはというと、着慣れない服に手こずりながら、なにかにつけて背中や袖を気にしている。

「しかし、本当にうまくいくのでしょうか？」

本当にうまくいったのだ。

聞き込みを始めると、娼婦たちはまず怪しいやつらが来たと警戒する。

ぎょっとした顔をして後ずさりする娼婦たちに俺は言う。

「まあ待て。君が思い描いている名前はたぶん不正解だ。この人は俺の大親友のルーク・キューティー君だ。君たちの同業者が殺されていることに大変心を痛めている」

「……ルークです。どうか話を聞かせてもらいたい。これは秘密捜査ですから、当然、話は誰にも漏らしません。後日、あなたたちに危害を加えることもないと約束します」

「え――でも……」

それでもまだ尻込みする娼婦に、俺は茶目っ気たっぷりに言ってやるのだ。

「なあ、君は裁判にかけられることを心配してるのか？　有力な証言に証拠能力を持たせるため、鞭で打たれることを想像しているんじゃないか？　待て待て。ちょっと考えてくれよ。君はその時なんて答える？『そうです。私がルーク・キューティーさんに言ったことが真実なのです。あの、麗《うるわ》しい執事のルーク・キューティー』……とでも？」

娼婦は目を白黒させて、俺の言葉を理解しようと努力し、それから隣に立つルーシア――もといルークに目をやり、

「あは」

と笑い声を漏らすのだ。

憮然《ぶぜん》としたルーシアがまるで気難しい執事のようで、一段と面白みを増している。

「――な、わかるだろ？　これじゃあ神聖な裁判も台なしだ。馬鹿げた話さ。酒場の笑い話と一緒だよ。絶対に難しい事態にはならないって理解できるだろ。だから君も、ちょっと気軽に知ってることだけを教えてくれればいい」

「わかった、わかったよ。あたしが知ってるのは噂で聞いたことだけで――」

そんな風に娼婦たちは今までと打って変わったように協力的になるのだった。

「どうもね、屑野郎はこの街に最近来た流れ者じゃないかって話だよ。殺されちまった娼婦は、そいつにうまくできなくって殺されたんだよ」

「――へえ？　なんでそんな噂になったんだろうな」

「殺された娼婦は、商売を終えた直後だったってことが何回かあったんだよ。あたしたちみたいな箱なしが多いからね。そこらの貸し宿の近くで殺されることが多かったのさ。貸し宿の親父にシグルドさんが聞き込みしても、誰も顔を覚えちゃいなかった。貸し宿をよく使う助平《すけべえ》野郎の顔なら親父だっていくらか見覚えがあるはずだろ？」

「ふむ……理にかなってるな」

「だろう？　去年のユリスリィとの戦で奴隷がたくさん流れてきたじゃないか。たぶんさ、あれを買いに来たやつだと思うんだよね。でも思ったほど値下がりしてなくて買えなかった貧乏人が、腹いせに娼婦を殺してるんだよ。ね、そう思わないかい？」

自分の推理まで披露してくれた娼婦は、ちらちらとルーシアを盗み見ている。

娼婦の顔が赤らんでいるのを見て、俺はこの作戦がうまくいった理由になんとなく思いあたった。聞き込みが一段落すると、俺はルーシアにそれを教えてやる。

「つまりさ、娼婦ってのは男を馬鹿にしたいんだよ。仕事上、男に対する嫌悪ってのはどうしても出てくる――じゃあ、女が好きかっていうとそれも違う。足の引っ張りあいってのはどうしても出てくるからな。そこで、男でも女でもないルーク・キューティーさんの登場だ。しかもこいつは文句なしに美しい姿をしている。とくれば、多くの娼婦がまいっちまうのも無理はないな」

男装の麗人ってのは少女漫画や歌劇の世界では昔から人気のあるキャラクター類型だ。俺にとっては説得力のある理論だったが、ルーシアは少女漫画も宝塚も知らないせいか、納得できないような顔をしている。

「――いえ、その理論に納得していないのではなく、龍太郎の口ぶりではまるで今、思いついたような話ではないですか。確かに私がこの格好をしてから成功していますが、今の話だとまるでたまたまうまくいっただけのような――」

おっと。確かにルーシアからすればその通りだ。

俺は確証なんか持っていなかった。でも、なんとなくルーシアに男装させればうまくいくんじゃないかと思っていた。それは確かに勘と呼ばれるべきものだが、当てずっぽうにやっただけの行動とは少し違う。

「えっと……でも、自信はあったんだよ。数値化とか言語化できない判断って言えばいいかな？　ほら、たとえば目の前にあるコップを手に取る時、いちいちコップは何センチ先にあるとか考えないだろ？　でも、きっと脳はだいたい何センチ先にあるコップを取るぞって計算してるはずなんだ――こっちの世界の単位ってセンチじゃないだろうけど」

「ふむ――いえ、なんとなくわかりました」

意外なことにルーシアは俺のしどろもどろな説明を理解したようだった。

そのことに俺が驚いていると、

「つまり、龍太郎の客引きとしての専門的な判断でしょう。それならそうと言えばいいのです。私も戦場での行動をいちいち理論づけしてはいません。後になってから思い返して、どうしてああいった判断をしたのかと自分で理解するなど、よくあることです。きっとどの職業でも――それこそどの世界でも共通のことではないですか？」

「……」

ルーシアの言葉を聞いて、俺はなぜか翔のことを思い出していた。

元いた世界で出会ったホストの男。本名も住所も知らないし、プライベートで会うことなんか一度もなかった。夜の繁華街で顔をあわせてちょっと世間話をする間柄だった男だが、あいつと俺は同じプロ意識を持っていた。

ちゃらちゃらしたスーツを着た優男《やさおとこ》は、ホストでありながら『女を大切にしなければならない』という信念を持っていた男だった。それは俺が子供の頃から抱えていたのと同じものだ。その同じ信念を抱いていたからこそ、職種にも年齢にも私生活にも共通点がなかったにもかかわらず俺と翔はお互いのことを尊敬していられたのだ。

「さあ、行きますよ、龍太郎。休憩は終わりです」

そう言って歩き出すルーシアの背中を、俺は今までと少し違う目で追っていた。

◈×◈

「……さて、今日のところはこれくらいにしますか」

ちょうど十人ほどの娼婦に聞き込みを終えたところだった。

すっかり夜も更け、もう街頭に立つ女も数人しかいない。そして彼女たちへの聞き込みはすでに完了しているのだ。確かに、引き上げ時だった。

「助かりましたよ、龍太郎」

「でも、本当にこんな感じでいいのか？」

流れ者が怪しいとか、どこそこの娼館の店主が犯人に違いないとか、娼婦の適当な当て推量や噂話だけが今日の成果だった。ルーシアが本命と考えているのは騎士団のマッド・ファボットなのに、マッドはおろか騎士が怪しいなんて話さえ出てこなかったのだ。

それなのにルーシアは曇りない笑顔を見せる。

「龍太郎、聞き込みを証拠にして下手人を捕まえるのではないと、彼女たちにも説明していたではないですか。これでいいのです」

「……じゃあ、どうして聞き込みなんかしたんだ？」

「それは無論——下手人を焦《あせ》らせて、尻尾を捕らえるためです。いいですか、龍太郎。こちらが証拠を集める必要など、本当はないのです。それができていると思わせれば、下手人は追い詰められ、勝手に自滅するでしょう」

なるほど。確かにここは推理小説の世界ではないし、彼女も警察ではなく騎士なのだった。もちろん、証拠があればそれでもいいが、ルーシアはそうならずとも事件が解決すると考えているのだ。その根拠はおそらく——

「それは騎士としての勘か、ルーシア？」

「ええ、当然です」

悠然と微笑む彼女に、俺はつられて笑い声を漏らしそうになる。

娼館街から少し離れて、俺たちはマジック・ドラゴンへと向かっていた。ルーシアが俺を送ると言って聞かなかったのだ。そして俺たちがそれを見つけたのは、もう一つ角を曲がればマジック・ドラゴンに辿り着くというところだった。

布袋を抱えた人影が、まるで人目をはばかるようにきょろきょろしながら小走りに駆けている。泥棒《どろぼう》のように見えるが、それにしては見覚えのありすぎるシルエットだ。

「ホノピー？」

生意気なエルフの少女が、こそこそと店から遠ざかるように走っているのだ。

「……知りあいですか？」

耳打ちしてくるルーシアに俺はうなずいてかえす。金目のものを盗んで夜逃げでもするつもりなのだろうか——うむ、ホノピーなら実にありえる話だ。

しかしルーシアは違うことを心配しているようだった。

「いけません。こんな深夜に一人歩きなど——下手人に狙ってくれと言っているようなものではないですか。追いますよ、龍太郎」

そして俺の返事を待つこともなく走り出してしまう。慌ててその背中に呼びかける。

「ルーシア、待て。できれば気づかれずに尾行してくれ」

「囮《おとり》にするつもりですか？　今は彼女の安全のほうが重要です」

間髪《かんはつ》いれずにルーシアが答える。俺も走り出しながら、前を行くルーシアにぎりぎり聞こえる程度の声で言う。

「そうじゃない。あいつはかなり頑固《がんこ》なんだ。今日叱って注意しても、あいつはまた明日も抜け出すぞ。抜け出した理由を知って、その根本から正さなければ意味がないんだ！」

ルーシアは同意の代わりに懐《ふところ》から短剣を取り出す。万一、ホノピーが犯人に襲われたらあれで攻撃するつもりなのだろう。

幸いにもホノピーの足は遅く、見失ってしまうような心配はなかった。彼女がたどり着いたのは、俺にも見覚えがある場所だった。あの奴隷商、ポポールが泊まっている宿だ。

「みんな――起きるふ。起きるふよ」

ホノピーは近くにあった樽《たる》を踏み台にして、宿屋の窓から呼びかけている。

俺とルーシアはその宿から二軒離れた家の軒先に隠れながらその様子をうかがった。

「ホノピーかい？　どうしたんだい、こんな時間に？」

寝ぼけたような返事が室内からあった。壮年《そうねん》の女の声だ。

「……まさか、もう自分を買い戻す金が貯まったなんて言うんじゃないだろうね？」

奴隷は自分を買えるだけの金を貯めれば、自由になることができる。だがマジック・ドラゴンで働いているホノピーには小遣い程度の金しか渡していない。とても自分を買い戻す金なんて持っているはずはなかった。気になるのはホノピーが持っている布袋だ。まさかなにか金目のものでも盗んできたんじゃないだろうな。

それをポポールに差し出して、自分を買い戻すなんてことは――

「違うるふ。さすがのホノピーもこんなに早くお金が貯まるわけなんかないるふ。今日はみんなに差しいれを持ってきたるふよ」

そう言ってホノピーはいそいそと袋からなにかを取り出している。次の瞬間、ホノピーが持っていたのはどこの露店でも買えるようなありふれた焼菓子だった。

「奴隷だとほとんど味のないものしか食べられないるふ。だから甘いものならみんな喜ぶと思って、昼間のうちに買っておいたるふ」

「あんた、まさかそれを、あたしたちにくれるために……？」

「そうるふ。さあ、みんな、遠慮なく食べるふ！」

ホノピーが窓にはまった格子の隙間から一つずつ焼菓子を入れると、そのたびに奴隷たちの控えめな歓声があがる。かなり喜ばれている様子だった。

「ホノピー、あんた、なんでこんなこと？」

「るふふん。別に深い意味なんてないるふ。ただ、ホノピーは最高の職場に就職できたるふよ。それでホノピー一人だけがこんな幸せになったら女神ツゲイス様に怒られると思ったるふ。だから、みんなに幸せをお裾分《すそわ》けをするるふよ」

最高の職場だって？

店でホノピーは泣いてばかりいる。今の自分の境遇に満足していないことなんて誰の目にも明らかだ。だからシャーリーやトーラがいつも気にかけて、彼女を慰めてやっているのだ。そのホノピーが、どうしてあんなに楽しそうに笑っていられるのか。

続く彼女の言葉で、俺はその真意を悟った。

「ぱふぱふ屋はいいるふよー。最初はどんな怪しい店かと思ったけど、噂に聞く娼館に比べるとぱふぱふ屋はまるで天国るふ。そりゃあおっぱいを触られたりするけれど、本当にそれだけだから病気も全然心配ないるふ！　あれなら、誰でもできる仕事るふね」

「そ——それは、あたしでもできるかね？」

年かさの女が震えるような声で問う。その顔は見えないが、ホノピーと顔見知りで今日まで売れ残っているのならば、娼館にも買い手がつかないような年齢なのだろう。

それでもホノピーは即答する。

「もちろんるふ！　ぱふぱふ屋は伸び盛りの商売だから、きっともっと人手が必要になるふよ。そしたら、ホノピーがおばちゃんのことも店長にお薦めしてやるふよ。ホノピーに水を分けてくれたこともある、とっても優しいおばちゃんだって！」

「そんな……あんた、あんなたった一杯の水くらいで——」

「別に恩返しのつもりじゃないるふ。こんなの本当になんてことないるふ。ホノピーを買ってくれた店長は本当に優しいるふよ。店が大きくなれば用心棒も必要になるから、きっと男の人も買ってくれるふ。ポポール奴隷の力強さは折り紙つきるふ。街に着く前に馬車が横倒しになっちゃった時のこと、覚えてるふ？　あの時は凄かったるふ。みんなで力をあわせて、あっという間に重い馬車を持ち上げてみせたるふよ。それから――」

思い出話をしながら、ホノピーは繰り返し奴隷たちにこう伝えている。

希望を捨てるな。

きっと今に、優しいぱふぱふ屋がおまえたちを買い取ってくれるぞ――

そんな風に、ホノピーは奴隷たちを元気づけるのだった。

ホノピーは話の中で、ぱふぱふ屋の店長がいかに慈悲《じひ》深く、賢明な男であるかという話をしていた。そして、そのたびに俺は吹き出してしまいそうになるのだった。

顔をあわせれば春画の怪物だとかそんな罵《のの》り文句ばかりのホノピーが、いくら嘘とはいえあれほど俺を褒めちぎるとは。

「龍太郎は彼女たちをとても大切にしているのですね」

俺の隣でホノピーの話を聞いていたルーシアが、ぼそりとつぶやいた。

「残念ながら、あれは作り話だよ」

俺が否定しても、ルーシアは微笑みを絶やさない。

「ですが、焼菓子のお金はあなたが渡したのでしょう？　奴隷には水を与えることさえ惜しむ者が珍しくないというのに。あのエルフの少女が希望を語れるのは、それだけの待遇をあなたが与えているからです。自分が酷い扱いを受けているならば、大事な仲間たちに、あれほど真剣にぱふぱふ屋に来いと誘えるはずがないではありませんか」

その後、しばらくしてホノピーは宿を離れた。最後に「また来るふ」と声をかけると、中から「あんたも頑張るんだよ」と声が返ってくる。

ホノピーの表情を盗み見ると、その目元が濡れて光っているのだった。

◈×◈

「おはようるふー。今日はいい天気――うっわ、すっごい顔るふ」

翌朝、俺の顔を見るなりホノピーがのけぞった。

自分ではわからないが、きっと俺は酷い顔をしているはずだ。

昨夜、ホノピーが店に戻ってからしばらく俺は時間を潰さなければならなかったのだ。彼女が帰ったすぐ後に戻れば、さすがに物音で気づかれてしまっただろう。

「……う。な、なにか言いたいことでもあるふ？」

「――いいや。今日も頑張れよ」

ひらひらと手を振って、俺はホノピーから離れた。身支度《みじたく》を済ませると、庭で素振りをしているタウリンのところへ行き声をかける。

「タウリン。ホノピーが夜中に出歩いているぞ。次はいつ抜け出すかわからないから、それとなく話を聞き出して、今度はおまえも同行してくれ」

「大将はそれでいいんで？」

　素振りをやめて、タウリンは顔をこちらに向ける。

　その口ぶりに違和感を覚えた俺はしばらく考え込んでから、タウリンはどうやらホノピーの外出を知っていたらしいと気づいた。

「いつから知ってた？」

「昨夜でさあ。これでも用心棒なんでね。お嬢が抜け出すのを見て後をつけてみたら、あっしの先にも尾行がついているじゃありやせんか。そこで帰ろうかと思ったんですがね、一応、大将の護衛でもあるわけですから、陰ながらお守りさせていただきやしたよ」

「なるほど。さすがだな」

　ホノピーの後をつけていたが、まさか二重尾行をされているとは思わなかった。

「……大将」

　タウリンが、やけに真剣な口調で言う。

「お嬢の護衛は――了解しやした。あれくらいなら朝飯前でさあ。ですがね、あっしに言わせりゃ心配なのは大将のほうですぜ。あの剣姫《けんき》と辻斬《つじぎ》り探しですって？　ありゃあ、大将の手に余る気がしてならねえんでさあ」

「剣姫って、また新しい枕名かよ。いくつルーシアには名前があるんだ？　まあ、それだけ強いってことなのかね」

「大将。冗談じゃねえんですぜ。今、やっと店も軌道に乗ってきたところじゃねえですかい。ここはひとつ、経営一本槍《やり》に絞ったらいかがでしょう」

「いや、しかしだな――」

「そうだ。三日後の祭りで、あれやりやしょうや。大将が前に言っていた――ふ、フリーパフだか、ハグだかってやつ！」

と、思いのほか切実なタウリンである。

タウリンが言っているフリーパフとは、俺が一瞬だけ提案してすぐに却下した祭り用の出し物のことだ。まだまだ一般層に浸透していないぱふぱふ屋という商売をより多くの人々に認知させるために、その日だけは無料体験できる出店をやろうとしたのだ。

しかし、おっぱいのただ触りをなくすための活動で、一日限定とはいえそれはまずいと冷静になった俺は、結局、祭りの日は親父さんの森亀肉の串焼きと煮込みで出店をやろうと考え直したのだった。タウリンもそのことには既に納得しているはずだった。

彼が俺の身を案じていることはわかる。俺をぱふぱふ屋の経営に専念させて、危険から遠ざけようとしてくれていることも。

だが、俺もここでルーシアを見捨てるわけにはいかないのだ。

「……タウリン。いいか、おまえは一本槍って言うがな、俺たちはぱふぱふ屋だぞ。おっぱいを商売道具にしてるんだ。おっぱいは二つあるからこそ、ぱふぱふだろうが。一つだけだったら、ただのぱふだぞ」

その言葉を聞いて、タウリンはしばらくぽかんとした顔をしていた。

しかし、俺の顔を見ているうちに、ふっと息を吐き出して、

「へっ、こいつは大将に一本——いやさ、ビーチク取られやしたぜ」

と笑うのだった。

「……あんたたち、いったい何語で喋ってんの？」

たまたま通りがかったミミが、虫けらを見る目で俺たちを眺めていた。


俺はタウリンに店を任せ、ルーシアとの待ちあわせ場所へと足を運んだ。今日は昼から聞き込みをする予定なのだ。早起きで瞼《まぶた》がとんでもなく重いが、それで断るくらいだったら男じゃない。ルーシアの誘いなら、俺はいつでもどこへだって行く。

しばらくしてやってきたルーシアは、余計なおまけを連れていた。

「やあ、店長。また会ったね」

白い歯がきらりと光る。実に爽やかにルーシアの兄が笑いかけてくる。

「ご無沙汰《ぶさた》しております、カルロさん」

俺は不機嫌な顔を隠して頭を下げる。カルロだけではなく、少し離れた場所に十人ほどの騎士たちが控えている。まさか、こいつら全員連れて聞き込みするんじゃないよな？

そんなことになればルーシアがいくらコスプレしようと絶対にうまくいかないだろう。

「おっと……僕の名を覚えていてくれるとは光栄だ。これは店に行った時も、常連割引を期待してもいいかな？」

「カルロ」

たしなめる口調でルーシアが呼びかけると、カルロは肩をすくめた。それからルーシアのほうを向き、彼は堪えきれないというように吹き出すのだった。

「わかったよ、お兄様」

カルロの視線の先には、昨日と同じように男装に身を包んだルーシアがいる。貸衣装で急にそろえた昨日の衣装よりも、明らかに値段が違う上物だった。

「いやー、しかし店長は実に素晴らしい発想の持ち主だね。ブレスコットのならず者ならば誰もが恐れる剣姫にまさか男装させるとは……おかげで愛する母は卒倒するし、忠実なる侍従のメリーベルは笑い転げてきっと今日一日、仕事ができない。まったく、この責任をどうやって取ってくれるんだい？　え？」

それになんて答えたらいいか俺が迷っていると、ルーシアが助け船を出してくれる。

「確かに男装は龍太郎の案ですが、最終的な決定は私が下したのです。さあ、龍太郎の顔も見たし、もうカルロに用はないでしょう。さっさと警邏に戻ってください」

「なんだよ、せっかく僕の一番上等な上衣を貸してやったんだ。少しくらい、僕もそちらの仕事に混ぜてくれてもいいだろう？」

「残念ですが――」

ルーシアは、触れれば切れるような冷たい言葉で拒絶する。

「今日あたり、動きがありそうなのです」

「……なんだって？」

カルロが驚いている。俺も同じだ。思わずルーシアに聞き返しそうになったが、すんでのところで思いとどまった。これもきっと作戦なのだ。騎士団の中にいると思われる犯人に対して、こちらの捜査は進んでいるぞと圧力をかけてミスを誘う。

だから俺は平然とした顔をしてみせる。カルロが真偽を問うようにこちらを見る一瞬前には、俺の表情は完璧なポーカーフェイスになっていた。

「……わかったよ。重要な局面ってわけだ。隊長の指示に従うさ」

肩をすくめて、カルロはこれまでのようにおどけてみせる。

しかし、その言葉には隠しようもない苛立ちが混じっているのだった。隊長という単語に力を込めたことから、それがキーワードになっているのだとわかる。

さて、ありきたりな推測をすれば、妹の部下に甘んじざるを得ない兄の苦悩というところだが――まあ、複雑な家庭の事情に首を突っ込むつもりはない。

「行きましょう、龍太郎」

ルーシアはそう言ってさっさと兄に背を向けてしまう。俺が最後にちらりと見ると、カルロも背中を向けて、背後の騎士隊と合流しようとしているところだった。

最後の一瞬、こちらを睨みつけるようにしているマッド・ファボットと目があう。

俺は何気ない風を装って視線を切り、男装の騎士隊長の背を追うのだった。

◈×◈

蒼墓楼に俺たちが足を踏み入れると、娼婦たちから実に熱烈な歓迎を受けた。

「マジック・ドラゴンさん、お久しぶり！　最近来ないから寂しかったわ！」

寝起きで半裸の娼婦が抱きついてくる。まるで常連に対するリップサービスだが、他の娼婦も菓子や果物を持って集まってくるのだった。

「ベルの調子はどう？」

俺がベルの身柄を預かっていることを彼女たちは当然知っている。同じ店で働いていた元同僚なのだ。ベルの状況を教えてやると、笑顔が波紋のように店内に広がる。

「ねえ、あたしも身請《みう》けしてよ。病気のベルより、きっと楽しんでもらえると思うな」

嫉妬《しっと》混じりにこんなことを言う娘もいるが、俺がベルを預かったことに対しては概《おおむ》ね好意的な反応だった。

「さて、じゃあみんな悪いが少し時間をくれ。個室で一人ずつ話を聞かせてもらう。ほんの二つ三つ質問するだけだから報酬は出せないが、協力してもらえると助かるよ」

「お話しするのはいいけどぉ、そこの人も店長さんのお仲間なのぉ？」

この蒼墓楼でもルーク・キューティーは人気者だった。甘え上手な娼婦は、もうルーシアと腕を組んでいる。胸の膨らみを見ればルーシアが女性だということは誰にでもすぐわかる。それでも娼婦たちは面白がってひっついていた。

俺たちは丸顔の店主に用意してもらった空き室に机を並べ、順番に娼婦たちを招き入れる。その後は昨夜と同じ要領で聞き込みをする。真偽も定かではない噂話がほとんどだったが、辻売りの娼婦よりも危機感は薄いようだ。

なにせ、この蒼墓楼は特別な娼館なのだ。

なんだか面接試験官にでもなった気分で、「それでは次の人、お願いします」と外に向かって声をかけると、ついにその特別がやってきた。

「お久しぶりですわね、龍太郎様」

「フローラ」

シグルドのお気に入りにふさわしい完璧な笑顔を伴ってフローラが現れる。

「さて――早速だが、犯人に心当たりはあるか？」

「いいえ、残念ながら」

「見かけたことは？　なにかそれらしい噂は？」

「なにも見ておりません。噂に関しては、他の娘と同じだと思いますわ。他所者《よそもの》が犯人で、奴隷を買えなかった腹いせだと……しかし、根拠としては薄いかと」

俺の質問にすらすらと淀みなく答えるフローラ。さすができる娼婦は違う。

他の娼婦は自分語りが始まったり、適当な推理を披露したりで時間がかかってしまう。フローラと同じ情報量なのに百倍くらい喋った娼婦もいたくらいだ。

これなら最初からフローラに聞き込みすればよかったと思った。次回からは是非《ぜひ》そうしようと決意し、俺が腰を浮かしかけたところで、珍しくルーシアが口を挟んでくる。

「どうして私たちに協力をするのです？　聞けば、あなたはシグルドの——その、寵愛《ちょうあい》を受けているのだとか。ならば、私のことが憎くはないのですか？」

「確かに私はシグルド様にお仕えする身ですから、他の用件でしたらお断りしていたかもしれませんわね」

フローラは妖艶《ようえん》に微笑んでみせる。その笑顔を見て、ルーシアは眉をひそめた。

「では、どうしてでしょう」

「シグルド様からは、『可能な限り情報を集めろ』と命じられております。シグルド様は非常に聡明なお方ですし、配下にも有能な方は多いのですが、どうしても集められない情報もございます。ええ、たとえば——あなた様の指揮する騎士団の情報ですとか」

「我が緑祭の騎士団はならず者に情報を盗まれるような半端な組織ではありません」

挑発するようなルーシアの台詞を、フローラは実に優雅な微笑で受け流す。

というか、今回はルーシアが大人げない。その騎士団の誰かが今回の事件の犯人候補なのに、半端な組織ではないと言い切るってどうなんだよ？

しかし、俺は大人なのでそんなつっこみはいれない。またルーシアにへそを曲げられたら嫌だし。

フローラは気分を害した様子も見せずに話を続ける。

「いっそ飽会と騎士団が協力しあえればよいのでしょうが、立場上そうもできませんわ。ですから、龍太郎様たちが見えた時に思いついたのです。私がシグルド様から聞いた情報を渡し、見返りに龍太郎様たちからも情報をいただけばいいのでは、と」

俺とルーシアは思わず顔を見あわせる。問いかけるようなルーシアの瞳に、俺は肩をすくめてみせる。俺がどうこう言える問題じゃない。

ルーシアはしばらく考え込んでから、なにか思いも寄らない罠《わな》に警戒するように慎重に口を開いた。

「つまり、あなたが橋渡し役をすると？」

「さて、どうでしょう。結果的にはそうなるかもしれませんわね」

そんな風にはぐらかすフローラのことを、俺はかえって信頼していいような気になった。

しつこく言い寄ってくる酔っ払いを煙《けむ》に巻くような口調ではない。フローラは慎重に断言を避けているが、それでも信じられるなら共に歩もうと提案しているのだ。

ルーシアはじっとフローラを見つめながら言う。

「……少し、考えてみます」

「ええ。それがよろしいかと」

にっこりと極上の微笑みを残して、フローラは立ち上がる。

「それでは、共に栄華《えいが》の道を歩まんことを――それと、龍太郎様？」

「ん？」

「よろしければ、今度は夜にいらしてくださいな。私、舞踏《ぶとう》の相手は多ければ多いほど楽しいと思いますの」

なんとも刺激的な誘い文句に俺は、相方と同じ答えを返すことしかできなかった。

「……考えとくよ」

「光栄ですわ――ああ、それと調べごとでお疲れではないですか？　もしお時間が許せば、よいバワロー茶葉が手に入りましたので、どうぞ一息ついてくださいな」

フローラはにっこり笑うと、いそいそと茶の準備を始めた。

茶葉をスプーンですくって陶器のティーポットに入れる。たっぷりと日光を吸い込んだ布団のような香りに、上等なウイスキーを少し混ぜたような匂いがフローラの手元からこ

ちらまで漂《ただよ》ってきた。

「凄い香りだな」

「お気に召しませんか？」

「いや、褒め言葉だよ。味も楽しみだ」

開け放たれた窓の外から風が吹いてきて、バワロー茶葉の香りがさらに強くなってきた。

昼下がりの娼館の一室で、窓辺には風。ひらひらとカーテンが揺れている。

最高の女がゆっくりとこちらに歩み寄ってくる。

「え？」

その足が、ふいに止まった。

「龍太郎、伏せなさい！」

ルーシアの叫び声よりも、彼女に襟首《えりくび》を摑まれて床に引き倒されるほうが早かった。

「え？」

フローラの胸元に花が咲いていた。

真っ赤な色の花。

「――ぐ」

フローラが苦痛に顔を歪めて倒れこむ。彼女の背中側から胸元に刺さった矢が、その衝撃に押されて変な方向へ折れ曲がったのが見えた。

「フローラ！」

「いけません、龍太郎！　敵は窓から私たちを狙っているのです！」

駆け寄ろうとするとルーシアに阻まれた。彼女は油断ない瞳で周囲を見回している。

「だけどフローラが怪我したんだ！」

「龍太郎。落ち着きなさい。深呼吸して、三つ数えるのです。それでも追撃がなければ、この壁から背を離してもいいでしょう」

俺はルーシアと共に壁際にいた。ルーシアの手によって、窓の外の狙撃手から狙われない位置にほとんど一瞬で移動させられたのだ。細身の彼女からは想像できないほどの怪力《かいりき》だった。

「三つ！」

だが、今はとにかくフローラだ。俺たちとは反対側に顔を向けているため表情は見えないが、ぴくぴくと痙攣《けいれん》を起こしている。もう声も聞こえない。どう考えてもやばい。

俺よりも先にルーシアが飛び出した。フローラの背に手を当て、顔を覗き込む——

「……毒です。龍太郎。見ないほうがいいでしょう」

「た、助からないのか……？」

ルーシアが無言のまま首を振る。

とても信じられなかった。

さっきまで普通に喋っていたフローラが、もう動かない。息をしていない。

——なにも喋らない。

「なんで——誰が、こんなことを——」

混乱した俺がこぼした言葉に、ルーシアが怒りに満ちた眼差しを返した。

「それをこれから確かめに行きます」

ルーシアが差し出してきた手を握った瞬間、ぐいっと引っ張られた。

「うえっ？」

次の瞬間、荷物のようにルーシアに抱えられていた。

「飛び下ります。龍太郎、舌を噛まないように」

「え、あ？　ま、待て！　店の主人や誰かに報告を——」

「そんな暇はありません。下手人は我々の同盟相手を殺したのです。思い知らせてやる必要があります！」

同盟相手——ルーシアはフローラをそう認めたのだ。

既に亡骸《なきがら》となった彼女に俺は一瞬だけ祈った。

「わかった。ルーシア、頼む」

返事をした直後、俺は空を飛んでいた。

◈◈×◈◈

フローラが死んだ。窓の外から矢を射かけられて殺された。

誰に？　どうして？

疑問はつきない。俺にも、ルーシアにもその答えはわからない。

だから答えられるやつに聞きに行くのだ——フローラを殺した犯人に。

俺とルーシアが二階の窓から飛び降りると、道を歩く人々が驚きの声をあげる。

「龍太郎、走れますね？」

「もちろんだ」

答えると、ルーシアは俺を地面に下ろし、そして駆けだした。

「射手は隣の建物から矢を射ったのです。突入します」

俺の返事を待つことなく、ルーシアは蹴破《けやぶ》るように蒼墓楼の対面の娼館の入り口を開けた。彼女はするりと店内に体を滑りこませて叫ぶ。

「全員動かないでください！　二階には今、誰がいますか！」

彼女の問いに答えたのは怒声、罵倒、悲鳴——およそ意味のある言葉ではなかった。

ルーシアは俺に目配せをする。

「龍太郎は聞き込みを。私は二階に」

「了解」

俺が短く答えると、ルーシアはなぜか驚いた顔をしてから、息をつくように小さく笑う。

きっと俺が反論するとでも思ったのだろう。あるいは、ルーシアを問いただして行動の意味を尋ねるか。だがそんなことをしている時間はないのだ。

斧《おの》を持って俺たちを警戒している店主に、精一杯穏やかな口調で話しかける。

「突然、すまない。俺はぱふぱふ屋マジック・ドラゴンの店長だ。向かいの蒼墓楼にいたら、窓の外から矢が飛び込んできて娼婦が殺されたんだ。おそらく、この娼館から射かけられたんだ。今、その犯人を追っている。二階に誰がいるか教えてくれ」

「ぱふぱふ屋だぁ？　……いや、待て。二階にはまだ寝ている娼婦どもしかいねえぞ」

「まだ客は取っていないんだな？」

「こんな時間に来ても追い返すよ。本当はあんたたちだって叩きだしたいところだ」

娼館の店主は不機嫌ながらもなんとかこちらの質問に答えてくれる。悲鳴をあげて怯えていた娼婦たちも、少し落ち着いてきた様子だった。

この界隈《かいわい》で、ぱふぱふ屋と言えばちょっとは信頼があるのだ。

「二階に空き部屋はあるか？」

「階段を上って左手の奥から二番目と三番目が――」

店主の言葉を最後まで聞かないうちに、俺は階上のルーシアに向かって怒鳴る。

「ルーシア！　左手奥から二番目と三番目が空き部屋だ！　そこを確かめろ！」

二階からどたばたと走り回る音と、娼婦の怖がる声。

少し経ってからルーシアが駆け下りてくる。

「反対側の窓から逃げられたようです。空き部屋の床に微かに聖松《せいまつ》が残っていました」

「聖松？」

「矢を射る際に籠手《こて》に塗る滑り止めです。弓手《ゆんで》につける灰も床に落ちていました。二階から射ったのは間違いありません」

既に俺とルーシアは走りながら会話している。俺は店主と娼婦たちに忠告する。

「全員、固まっていろ！　絶対に一人になるな！　近くに娼婦殺しがいるぞ！」

店の外に出ると、ルーシアは金属製の籠手を左手につけた。そして、煙草大《たばこ》の注連縄《しめなわ》のようなものを懐から取り出すと、その端を噛みちぎる。

「恩神《おんしん》ラクサビスム、私を導いてください」

注連縄は噛みちぎるとマッチのように火がつく道具らしい。それを籠手にかざすと、点滅を繰り返す小さな炎が生まれる。

「それは？」

「現場の聖松を燃やしました。これで持ち主が逃げた方向がわかるはず——来ました」

ルーシアは籠手の炎が風で消えないように右手で覆い隠しながら走り出す。炎はゆらゆらと揺れながら、ある一点を明確に指し示していた。そちらに犯人がいるのだろう。

俺とルーシアはその炎を頼りに犯人を追う。

路地裏を突っ切り、バザールの人混みをかき分け、俺たちは走った。

横っ腹が痛む。こんなに走ったのはいつ以来だろうか？

それでも俺は音《ね》をあげずになんとかルーシアの背中を追った。フローラを殺した犯人が許せなかった。しかし――

「……炎が」

しばらくすると、籠手の炎が灰色の煙を残して消えてしまっていた。

ルーシアの悔しそうな横顔を見て、俺たちは犯人を取り逃がしたのだと悟った。

◈×◈

どれくらい走ったのか、空はうっすらと赤みを帯びている。

ラクサビスムの炎による犯人追跡の手がかりがなくなっても、ルーシアと俺は希望を捨てずに犯人を追った。きっと俺たちにはまだできることがあって、フローラを殺した犯人を追い詰めることができるはずだと信じていた。

「どこに行った⁉」

「そっちの路地も探せ！　二人以上で必ず行動しろよ！」

表通りから怒声が聞こえてくる。殺意に満ちた大勢の男たちが犯人を追っているのだ。

フローラはシグルドのお気に入りだった。飽会の連中がそんなフローラを殺した犯人を放っておくはずがない。俺たちよりもスタートは遅れたが、今は町中のヤクザ者が一人の殺人犯を追っているような状況だった。

そうなれば、犯人が見つかるのは時間の問題に思われたが――

「龍太郎、もう少し奥へ……」

「……わかった」

俺とルーシアはこそこそと路地裏の奥へと身を潜める。

表通りの飽会の追っ手から逃げるためだ。

「いたか？　犯人は二人組だって話だぞ！」

その声に俺はびくりと身をすくませる。

――いつの間にか、俺たちは飽会の人間に追われているのだった。

どこがどうしてそういう話になったのか、フローラを殺したのは俺たちだということになってしまったらしい。

ラクサビスムの炎が消えてなお諦めきれずに町をさまよっているうちに、そのことに気がついた。殺気づいた男たちは、犯人を二人組だと断定して捜し回っていたのだ。

現場の近くにいた俺とルーシアでさえ、犯人の顔や人数など把握していないのに、だ。

つまり、飽会が俺とルーシアを犯人だと誤解し追っているのだと気づくのに、そう時間はかからなかった。

「……これからどうする、ルーシア？」

「騎士団と合流できれば、飽会には手出しされないでしょう。ですから、今はなんとか身を潜めねば――今、彼らに見つかれば戦闘は避けられません」

ルーシアが戦闘を回避したがる理由はわかっている。

「今、私と飽会が争うことになれば、彼女の誓いが無駄になってしまいます。それだけは――それだけは、避けねばなりません……っ！」

生前のフローラが最後にルーシアに持ちかけた提案――それを守るためにルーシアは身を隠している。本当は飽会の男たちをなぎ払い、悠々と行きたい場所に行くだけの実力を彼女は備えているはずなのに。

それでもそうしないのは、死者の尊厳を守るという目的があるからに他ならない。

「了解……じゃあ、もう少し歩こう。騎士団は――」

既に半日近く走り回っていた。俺はもうへとへとで、気力だけでやっとこさ足を動かしていた。だから、体のコントロールが大雑把《おおざっぱ》になってしまうのも仕方ないことだった。

俺は汚いゴミためみたいな路地にいくらでも置いてある木箱に足をひっかけた。

「龍太郎っ」

大きな音を立てて、俺は盛大にすっころんだ。まずい。

「おいっ、今なにか音がしたぞ……っ！」

「くそっ——」

慌てて俺が立ち上がろうとすると、視界がかすんだ。地面がドロドロに溶けて、底なし沼に吸い込まれていくみたいに俺の体は地面から離れようとしなかった。

「龍太郎、私が背負いますから、手を——」

抵抗するつもりは、ほんの一瞬でかき消えた。

ここで駄々《だだ》をこねても、守られるのは俺のちっぽけなプライドだけで、実際はルーシアを困らせるだけだ。俺は素直にルーシアに背負われた。誰かにおんぶされるなんて、ガキの頃以来だ。

「すまない、ルーシア」

「謝らないでください。ここまで巻き込んでしまったのは、私の都合なのです」

走るルーシアの背中にいると、どうしてか涙が出てきそうになる。

小学生の頃、一度だけ小さないじめみたいなことを受けたことがあった。それを冬華母さんたちに悟られたくなくて、俺は家でいつもより明るく振る舞っていたのだ。

まったく関連性がないのに、なぜかそんなことを思い出した。

「堪えてください、龍太郎。もう少しで、騎士団の詰め所です」

背後からは追っ手の足音が聞こえてくる。

——ちがうんだ。俺たちはフローラを殺していない。話を聞いてくれ。

そんな風に呼びかけていたら、きっとここまで逃げることはできなかった。

頭に血が上《のぼ》った男たちに話は通じない。

たとえば戦場で、女兵士が敵側の捕虜《ほりょ》になると、味方の兵士はその女兵士を取り戻そうと無謀な突撃を繰り返す傾向があるのだそうだ。損得など考えずに、歴戦の兵士たちが馬鹿みたいな突撃をしてしまう。

理屈ではないのだ。たとえ俺たちが犯人ではなかったと理解できても、フローラが殺される現場にいながら彼女を守れなかった時点で、飽会にとって俺たちは同罪だった。

「——っ！」

ルーシアが足を止める。そこは路地裏の終点だった。

大通りが見えるようになった最後の物陰に隠れる。いつの間にか、追っ手の足音は聞こえなくなっていた。どうにか撒《ま》けたのだろう。

しかし、問題は大通りにあった。

「てめえらの隊長がやったんじゃねえのか、ああんっ⁉」

「隊長を愚弄《ぐろう》する気か、下衆《げす》め」

騎士団と飽会の連中が向かいあっている。一触即発の空気だった。

「……ルーシア」

どうする、と視線で問いかける。俺はルーシアの背中から下りて、肩を寄せあうようにして物陰に隠れている。

「……」

歯がみするようなルーシアを見て、彼女の迷いが手に取るようにわかった。

この場で出ていけば、騎士団と飽会に遺恨《いこん》が残る。

ルーシアは確かにフローラ殺しの犯人ではない。だが、彼女の見立てでは騎士団の中に娼婦殺しの真犯人がいるのだ。

今回のフローラを殺した犯人と今までの娼婦殺しの犯人が同一人物かはわからない。しかし、真犯人を後日捕まえたとしても間違いなく飽会の連中はルーシアを疑うだろう。

部下に罪をなすりつけたのだと誤解される。

せめてこの場だけでも穏便に済ませることが必要だった。

「――ルーシア」

俺はもう限界だった。

走り回って、これ以上ないくらいに疲れて、ついに足も動かなくなって好きな女に背負われるなんて情けない姿をさらした。これ以上、自力では一歩も歩けそうになかった。

「ルーシア、時間が稼げれば、真犯人を見つけられるか？」

「え？」

それでも、俺にはアイデアがあった。

この場を切り抜ける方法を、ルーシアの耳元にそっと吹き込んだ。

「龍太郎、それはっ——」

「聞いてくれ、ルーシア。他に方法がない」

彼女は俺の作戦を聞いて、最初は戸惑い、それからずいぶんと時間をかけて悩み、最終的にはうなずいてくれた。

「わかりました。龍太郎。必ず、下手人を見つけてみせます」

◈×◈

「双方とも剣を収めなさい」

声を張り上げてルーシアが姿を見せると、それまで睨みあっていた騎士団と飽会はぴたりと動きを止めた。

「てめぇ、よくもその面見せられたもんだな、ゴラァっ！」

しかし、すぐに飽会から罵倒が飛ぶ。何人かは堂々と向かってくるルーシアに恐れをなしたように後ずさっていた。

絡みあった感情を真正面から叩きつけられながらも、ルーシアは表情を変えなかった。

「飽会の方々も、今は剣を収めなさい。後日、正式な通達があるでしょう」

「通達だあ？　ここでてめえを見逃したら、あとで褒美でもくれるってのかよ——ふざけんじゃねえ！」

「そうではありません。それに私を見逃す？　どうも誤解があるようですね」

「誤解もくそも、てめえらがフローラさんを殺して——」

「フローラを殺した犯人なら、確保しました」

涼しげなルーシアの声が大通りに響いた。

「……なんだって？」

「犯人はこの男です」

ルーシアはそう言って、乱暴に手を引く。

猿ぐつわを嚙ませられた俺は、抵抗する力もなく、街頭に身を投げ出す。

「この吉見龍太郎が、フローラを殺したと先ほど自白しました」

冷たいルーシアの声を頭上に聞きながら、俺は深く目をつぶった。

第7章◈ハードな世界にこそ、ぱふぱふの柔らかさが必要だ

八畳ほどのぐるりを灰色の壁に囲まれて、鼻にはすえた匂い、耳にはぎりぎりとどこかで石材がこすれる音が絶え間なく響いてくる。

領主の城の地下牢《ろう》――それが俺の今の寝床《ねどこ》だ。

俺の両手には鎖がついている。鎖は天井の輪に通され部屋の端へと続いており、兵士がこの端の鎖を引けば俺は自然と万歳の格好になる。

「――、ぅ、ううぅっ！」

背中を鞭打たれ、悲鳴のなり損ないみたいな声が俺の口から漏れる。昨日から叫びすぎて、もうすっかり喉が嗄《か》れているのだ。

「それで、だ――」

拷問者――彼ら風の言葉を使えば尋問官は、真っ白な仮面を被っている。目元に二つの穴だけ開いていて、どことなく可愛らしさを感じさせるデザインが一層不気味だった。

その白仮面が、冷酷な口調で俺の耳元にささやいた。

「そろそろ白状《はくじょう》したくなってきただろう？」

この一日で学んだことがある。彼らは決して命令しない。

言うことを聞け。正直に言え——そんな風に強要する必要はどこにもないのだ。なぜかといえば、それは神がすることだからだ。

神を信じない俺でもその存在を知っているし、彼の絶大な力を理解しているくらいだ。

痛みという名の絶対神。

俺は今にもその神に膝をついて祈りを捧げたくなる誘惑に耐えながら、どうにか口を割らずにいることができていた。


連続する強烈な苦痛の中で、自分をはっきりと保つ必要が俺にはあった。

自分は誰で、ここはどこで、どうしてこうなっているのか——

手始めに俺は、昨日、ルーシアが俺を犯人だと突き出した時のことを思い出した。

◇◇×◇◇

「犯人はこの龍太郎です。彼が自白しました」

ルーシアが高らかに宣言し、群衆の視線が俺へと集中する。

ぞっとするような一瞬。この場にある全ての瞳が俺を射抜く。この世界に来て初めて出会ったあの牛目玉のようなグロテスクさに俺は震えそうになる。

「じゃあそいつをぶっ殺させろ！　何人の娼婦が殺されたと思ってるんだ！」

誰かがそう叫ぶと、「そうだそうだ！」とすぐに追随《ついずい》する声が続く。

「殺せ！　殺せ！　殺せ！」

「ま、待っておくれよ。その人、ぱふぱふ屋さんだろ？　そんな——その人がそんなことをするわけないじゃないか！」

身をすくませるような殺意の大合唱の中で、気の強い娼婦が反論する。

俺もこの界隈で有名になったもので、娼婦たちから相談を受けることも多い。確かに以前、彼女の悩みを聞いてやったことがあった。

その娼婦の言葉に背中を押されるように、今度は女たちを筆頭に声があがる。

「ぱふぱふ屋さんが殺すわけないわ。異常なほどおっぱいが好きなんだから」

「そうだそうだ。おっぱいの話になると異常に話が長くなるんだ。疲れた女の胸は鮮度が落ちるからって、娼婦に早寝早起きを推奨する男だぞ。そんなやつが、おっぱいを死体にするはずがないだろ！　鮮度が最悪になるとか言い出すに決まってる！」

「みんな……」

なんだかボロクソに言われている気がしないでもないが、助け舟には変わりない。俺は感謝した。しかし——

「認められ——ねえ、な——」

低い声が、地の底から死者の足を引っ張るように喚声を割った。

大剣を背にしたその男が足を進めると、周囲の人間は命じられるまでもなく一歩譲る。

自然と彼の前からは人だかりがなくなり、その男は川の流れを塞《せ》きとめる巨石のようにさえ見えるのだった。

「シグルド」

制止するようにルーシアがその名を呼んだ。

シグルドは気にもしない様子で、ただ俺を睨みつけている。

「そいつが、自白──した、なら──話は早い──」

背中の大剣をいとも軽々と操り、その切っ先を俺に向ける。

「殺された娼婦は──俺の奴隷だった──そいつの汚ねえ鼻の穴の間を──通して左右に切り分けて──やる。誰にも──文句は、言わせ──ねえ」

「待ちなさい。彼はこれから取り調べられ、その上で正式な沙汰《さた》が下されます」

「大法典にも！　──書いてあるはずだ！　──殺人者を捕まえた場合は──その場で首を切り落として──構わねえ──とな！」

「それは間違いのない場合に限ります。どなたか、彼が殺した場面を見ましたか？」

「白状した──だろうが！　──それ以上の証拠が──どこにある！」

「証拠。そう。証拠が必要なのです」

ルーシアは、そう言って俺の腕を取り、掲げてみせる。

その場にいる全員に俺の手首を見せつけるようにし、宣言する。

「ご覧ください。彼の手首には、身分を示す腕輪がありません」

どよめきが起こる。この世界において、あの魔法の腕輪は、誇張ではなく命の次に大事なものなのだ。

領民権を失った者は奴隷に落ちる。そして、奴隷に落ちた者は――

「彼は殺人を自白しましたが、奴隷の発言は拷問を伴ったものでなければ証拠として認められません。彼はこれから正当な手続きに則《のっと》り、拷問にかけられるのです」

すっかり聴衆は静まり返っている。

俺はただ、腕を掴むルーシアの手の熱を感じていた。それは四六時中《しろくじちゅう》つけていたあの腕輪の空白を埋めるのに十分な暖かさを持っていた。


それが、俺がルーシアに提案した苦肉の策だった。

わだかまりなくこの場を切り抜けるためには、一応の犯人が必要だった。だから、俺がその犯人役を買って出るしかなかったのだ。

しかし、シグルドの言う通り、俺がそのまま自白したのではすぐに首を切り落とされてしまう。

そこで、俺は自ら腕輪を外し、奴隷に落ちることを選択した。

魔法の腕輪は決して他人に外されることはないが、自らの意思で外すことは可能だ。そうすることで、時間を稼ぐことができるはずだ。俺が口を割って自白するまで、ルーシアには真犯人を捜査する時間が与えられる。

拷問によって自白するまで、俺の言葉には証拠能力がない。

なぜならば、奴隷に落ちた者の言葉は、鳥の羽よりも軽いのだから――

◈×◈

「う……？」

頬に水滴が落ちるのを感じて俺は目を開ける。

次の瞬間、その数億倍の水が顔に浴びせられた。

「うおっ⁉」

「がははっ！　勘のいいやつだな！　こいつ気つけの前に目覚ましやがったぜ！」

鼻の奥がつんとする。慌てて口の中に入った水を吐き出していると、両目から涙も溢れてくる。顔を拭《ぬぐ》いたかったが後ろ手で拘束されていて叶わなかった。鼻の頭から水が滴って膝に落ちる――たったそれだけのことが、気が狂いそうになるほど不快だった。

詳しく知らないが、尋問官はルーシアの睨みが利かない別組織らしい。そうでなければ、俺はもう少しまともな扱いを受けているはずだった。

「さて、白状する気になったか？　貴様が娼婦フローラを殺したんだな？」

「……いいや、俺は殺していない——ぐぅっ！」

鞭が唸り、俺の膝を打つ。痛みは熱を伴う。

まるでドロドロに煮えたぎった釜《かま》でも膝に乗せられているみたいだった。

「もう一度聞く。貴様は娼婦を殺したな？」

今度は俺が答える前に鞭が使われる。同じく膝だ。なんとかかっこ悪い悲鳴を堪えることができた。

もう一日以上のつきあいになるからか、鞭の痛みに慣れたのかもしれない——そんな俺の思いは尋問官にはお見通しだったようだ。

「『これくらいならまだ頑張れる』……貴様はそう思っている。だが、今のは着衣の上から膝を打っただけだ。これは準備運動なんだよ」

尋問官はそう言いながら俺の膝を撫でた。変態的な手つきに、今までとは別種の恐怖を覚える。ぞっとするほど優しい指先が、膝から腰を回って背中へと移った。

「——っ」

昨日から散々痛めつけられた部分に触れられて、俺は小さくうめいた。

「湯屋《ゆや》に行ったら自慢していい。これは男の勲章だからな」

男は指先を服と背中の間に潜り込ませると、俺の上着を一気に引き裂いた。

そして男はずいぶんな長広舌《ちょうこうぜつ》をふるうのだった。

「貴様は昨日から痛みにずいぶんと慣れたと思っているな？　きっと痛みを不愉快な――しかし、ただ一時《いっとき》の客と考えて、じっと耐えて帰っていくのを待とうとしている。貧しい料理を出し、粗末な寝床を指し示し、『ほら、私の家はあなたが泊まるのにふさわしくありませんよ』と言外《げんがい》に伝え、相手を呆れさせて早く追い出してやろうと画策しているのだ。俺には貴様の考えが全てわかる。貴様は間違っている。貴様が一時の客人と思っている相手と、貴様は生涯《しょうがい》を共にしなければならないのだ」

冷たい外気にさらされて、背中の傷口がじくじくと痛んだ。

俺はどうして鞭がこないのかと訝《いぶか》しんだ。男はべらべらと喋るばかりで、俺に痛みを与えようとしない。昨日よりもずっと辛く責め立てられるものだと覚悟し、身構えているのに。

やるならさっさとしやがれ、とわめき散らしてやりたい衝動を俺は必死に堪えた。

「『こんな痛みともすぐおさらばできる』……貴様はそう考えている。いつもと同じように女たちの暮らす娼館に帰り、お気に入りの奴隷を抱いて寝る。そんな当たり前の日常が戻ってくると貴様は信じているんだろう？」

「……」

俺は答えなかった。ぱふぱふ屋は娼館と違うだとか、そんないつもの反論をしようかと考えないでもなかったが、結局は黙っていた。

どうしてだか鞭で叩かれている苦痛の時間よりも、尋問官が理解できない話をしている今のほうがずっと恐ろしく感じられるのだ。

「なあ、街に出回っている噂を知っているだろう？　娼婦殺しは他所者だ。奴隷を買いに来たがなにかの事情で金が足りなくなった他所者だ。貴様も他所者だ。だから犯人だと周囲の誰もが思っている。だが、違う。おまえは誰かをかばっている」

その通りだ。俺はルーシアをかばっている。俺が恐ろしい鞭に耐えられているのはその事実があるからだ。優しいルーシア。彼女は強い。喧嘩や戦闘だったら、俺が彼女を手助けすることなんてなにもないだろう。今だけは違う。俺が時間を稼いでいるうちに、ルーシアは真犯人を捜すことができる。彼女に借りを返すことができる。

マッドなのか別の誰かなのかはわからない。だが、真犯人さえ捕まえれば――

「タウリン。おまえが雇った用心棒の名だ」

今、この場に出るはずがない名前だった。俺は内心で首を傾げた。

しかし、次の尋問官の言葉は、稲妻のように俺の心へと落ちてきた。

「そのタウリンも、元はといえば奴隷を買いに来た他所者らしいじゃないか」

◈◈×◈◈

背中。

自分の体なのに、決して自らの目では見ることができない部位だ。

そこばかりを執拗《しつよう》に責められている。

「ぐうっ」

血の飛沫《しぶき》が目の前の床に飛び散って落ちる。

俺の背中から飛んだのではない。背中から鞭に付着し、尋問官が手を振り上げる際に前方へと飛んでくる血だ。

つい半日ほど前に気づいたことだが、背中を打って血を前方に飛ばすのは、尋問官の技術のようだった。絶対にわざとやっている。尋問される側に血を見せたほうが恐怖が大きくなることを見越した演出なのだ。実に効果的だった。

先ほどから震えが止まらない。なのに背中が熱くてたまらない。決して見ることはできない拷問の傷口。俺はそれが膿《う》んで腐って、もう手遅れになっているのではないかと思う。二度と仰向けに寝られなくなるほど、俺の傷は深いのではないか。

目が霞《かす》んでいる。耳鳴りも止まらない。口の中がねばついていて、どうしてだかさっぱりわからないが唾《つば》を飲み下すと血の味でいっぱいになっている。

——きっと、もう限界が近いのだろう。

「なあ、下手人を言えよ。本当は、ルーシア騎士隊長ではないのか？　それとも、タウリンとかいう用心棒か？」

ルーシアとタウリン。その名前に俺は顔をあげる。

タウリンは——正直よくわからない。そんなこと今まで考えたこともなかったが、俺は尋問官の言葉につい納得してしまい、やつが犯人でもおかしくないと思い始めている。

だが今のところ俺がタウリンについて語れることなどなにもない。あの鞭が飛んでくる。俺の背中をずたずたにして、肉を引き裂いて俺の内臓に近い場所から苦痛という苦痛を引っ張り出してくるあの鞭が——

尋問官が笑っているのがわかる。無慈悲な仮面の下で、彼は優しい顔をしている。

「ルーシアは——」

俺が口を開くと尋問官が息を飲む。彼は隣にいた記録係と顔を見あわせる。

俺はこれまで、一度も彼女の名前を口にしていなかった。口にしてしまったが最後、俺はとんでもないことを口走ってしまうという予感に取り憑かれていた。

真実を喋ることを恐れたのではない——だって、俺が知る真実は、ルーシアは犯人でもなんでもないのだ。そんなことを喋っても、尋問官は納得しないに違いない。

だから――心から自分を軽蔑するが、俺はルーシアが犯人だと喋りたくて仕方がなかったのだ。

それが事実でないことは俺が一番承知している。だが、尋問官を納得させ、この苦痛の連鎖から抜け出すためには、それが一番いい方法だと思ったのだ。

ルーシアと口にしたが最後、俺の口から転がり出た言葉が、どこへ落ちていくのか自分でもわからなかった。

だがもう俺は呼んでしまった。ルーシアと。大切な、彼女の名前を――

尋問官は猫なで声で続きを促す。

「うん。ルーシア騎士隊長がどうした？」

後戻りはできない。

ぶるぶると震えが止まらなくなっている。寒い。ここはとにかく寒いんだ。血を流す背中だけが熱いが、自分の出血で暖は取れない。

――ついに覚悟を決めた。

俺は尋問官の顔を覗き込み、その白い仮面の穴の奥を見つめながら言う。

「ルーシアは処女だ」

言ってやった。尋問官があきれかえっている。仮面の下の表情が確かに見えた。

血の味がする口を動かして、俺は精一杯笑う。

「足首を見ればわかる。あいつは誰ともやってない。別に俺は処女じゃなきゃ駄目ってわけじゃないが、正直嬉しい。俺はぱふぱふ屋だからな、わかるんだよ」

「貴様……なにを言ってるんだ？」

「俺は彼女に触れられない。俺なんかが触れていい女じゃないんだ。だから、俺はどれだけ求めても一生、彼女を手に入れられないのさ。ああ、だけどそれでいいんだ。ルーシアは女神だ。本当の本当に、俺の女神なんだ」

「貴様——」

鞭がやってくる。だが俺にはそれが、もう怖くない。

ルーシア、ルーシア、ああ、ルーシア——

今まで、彼女のことを口にしないように自分を戒《いまし》めていた。だが、それももうやめた。ルーシアのことを語っていると、心が羽のように軽くなる。鞭打たれながらも、俺は言葉を吐き出し続けた。

「ぐっ——知ってるか？　俺と彼女が——っ！　……俺と彼女が、初めて出会ったのは草原と森の——っっ！　……森の境目だった。彼女は青々とした草の上に立っていて、モンスターの——っ痛ぅ……返り血を浴びた剣を持って立っていたんだ。あんなの絶対に敵《かな》わないじゃないか。あれに惚れない男は屑だ」

鞭がうなる。血が飛ぶ。それでも俺の舌は止まらない。

痛みは脳内でアドレナリンを分泌《ぶんぴつ》し、俺をこの場所ではないどこかへと連れていく。

俺はルーシアの魅力をただ、ただ語り続ける。

女の魅力を伝えるのが俺の仕事だ。これまでずっとやってきたことだった。

「彼女が巫女になれなかったのは俺のせいだ！　俺なんか助けたから、彼女は神様に仕える資格を失ったんだ！　――俺は神様なんていない世界から来たけれど、俺のせいで彼女が神様に嫌われたのだと思うと、それがどうしようもなく耐えられなかった――」

「貴様――その口を閉じろ――」

いつの間にか閉じていた目を開けると、尋問官が剣を抜き放っている。

拷問は終わった。彼は俺を斬るつもりなのだ。尋問官はなにやらもう一人の記録係と口論になっていたが、それでも剣を収めようとしない。

これで終わりなのだと俺は再び目を閉じた。

ルーシアの顔を思い浮かべようと努力する。

人生の最期に考えるのは、好きな女のことにしようと前から決めていた。

あるいは、俺は眠っていたのかもしれない。だがそれもほんの数分か、もしかしたら数秒のことだったのだろう。

嵐の合間、ふと風がやむ瞬間のように途切れた俺の意識が回復すると、こちらに近づいてくる気配があった。

誰かの怒声。呻《うめ》き声。見たいものも聞きたいものもそこにないと知って、俺は目を閉じたままでいた。そう言えば、ルーシアの笑顔をしばらく見ていない。

声が聞こえた。

「助けに来やしたぜ、大将」

「——え？」

目を開けると、頬を血で汚したタウリンが、そこに立っているのだった。

◈×◈

「タウリン……？」

「へへ、そうですぜ、大将。あなたの店の用心棒、疾風の魔刃タウリン様の登場だ」

自慢げに胸を反らしながら、タウリンは気取った笑顔を見せる。

彼の後ろには二人の白仮面が倒れている。尋問係と記録係。

「ほ、本当に、助けに来たのか？」

「ずいぶん遅くなっちまいやしたがね。しかしあたしも城の地下牢に忍びこんだのは初めてでさあ。まったく、これもルーシア姉さんの作戦勝ちでさあね」

「ルーシアが……」

事情はさっぱりわからない。頭がふらついている。俺は幻覚を見ているのだろうか？

タウリンは看守の懐を漁《あさ》って鍵を見つけると、俺の枷を外してくれた。

「さて、脱出しやしょうか。さすがにそんなに時間がなさそうだ」

「わかった。頼む——くっ」

タウリンに肩を借りて俺はようやく歩くことができた。それでも動くたびに背中に激痛が走る。一瞬で顔中が汗だくになってしまった。

気を紛らわすため、俺はタウリンにどうでもいいことを話しかけた。

「なあ、タウリン。おまえが犯人だって説が出てるんだが、そうなのか？」

「なに言ってるんでさあ？　娼婦殺しが、大将を助けるわけねえでしょうよ」

「いやいや、そこをだな、案外意表をついてみて——」

視界はぐるぐる回って、足はふらふら。それでも気分は悪くなかった。

この見慣れた尋問室を出られるのなら、なんだってしようという気分になっていた。

こんな状態でルーシアのことをかばえたのが自分でも不思議だった。

「それで、どうしてこんな城の奥深くまで忍びこめたんだ？　おまえがいくら凄腕だからって、なにか作戦があったんだろう？」

「大将、今日がなんの日だかわかりますか？」

俺に肩を貸しながら、タウリンがにやりと笑う。

「知るか――捕まってから何日経ったかさえあやふやなのに」

「三日ですよ。大将が捕まってから、丸三日経ちやした」

意外と少ない日数に俺はちょっとショックを受ける。え？　もっと大変じゃなかったっけ？　なんか人生の半分くらいあの尋問室で過ごした気がする。絶対一ヶ月くらいは閉じ込められてたって。それがたったの三日？　三日坊主《ぼうず》の三日？

「三日だって十分でさあ。大将、本当によくぞご無事で――」

「ああ……うん……いや、そんなことより侵入方法を教えろ。どんな手品だ？」

「へへ。まあ見てもらったほうが早いや。きっと驚きやすぜ」

薄暗い地下から地上へと出ると廊下に窓がつくようになる。その窓から、暖かい日差しと、干し草と動物の匂いと、音楽が入ってくる。

重低音の太鼓《たいこ》と甲高《かんだか》い笛の音は俺のいた世界にはないもので、初めて聞く音色を奏でていたが、俺にはその目的がはっきりと理解できた。

「そうか。今日は祭りか――」

石造りの壁に手をかけ、窓から身を乗り出すようにして外の空気を吸った。

自分の血と小便と糞と、とにかく鼻がもげそうになる酷い匂いばかりだった世界との落差に、俺はつい目を閉じてしまいたくなる。なにもかも忘れて眠りたくなる。

その誘惑に打ち勝てたのは、夢を見るよりもきっと目を開けて見る世界のほうが美しいと知っているからだ。

窓から広がる景色には、たくさんの女と、それに数倍する男たちの姿があった。

三日前——連行される最中に見た限りでは、この城は厳かな静けさに満ちていた。その厳粛《げんしゅく》な城が、いかに祭りの日とはいえ、ここまで人で溢れかえるとは思えない。祭りは基本、庶民のものだ。庶民は街で騒ぎ、王城は高見からその喧騒《けんそう》を見下ろすのが常である。

しかし、今日この日だけは例外だ。

「さあさあさあ、誰でも彼でも寄ってきな。今日は祭りだ無礼講《ぶれいこう》！　値千金《あたいせんきん》あたしの胸を、誰でもどうぞご自由に！　触られたって減りゃしない。見られたってなくならない。ただし、痛くないように揉んでくれ。今日を限りに許してやるよ。だって今日はフリーパフ。誰でも自由にぱふってやるさ！」

高らかに歌うように女が言うと、周囲の男がわっと群がった。

「慌てない慌てない。どこへも逃げやしないよ。あたしゃあんたらを見捨てないよ。さあさ、自由に揉んでみな。今日はめでたいフリーパフだ。あたしの心はあたしのものだが、あたしのこの大きな胸は、あんたたち全員にくれてやるよ！」

女は両手でかき抱《いだ》くように数人の男を抱いている。男たちは嬉しそうに女の胸へと顔を寄せている。

そして、それを取り囲むように剣を持った兵隊が怒声をあげている。

「貴様ら！　ここは領主様の城だぞ！　誰の許可を得て入ってきたのだ！　早急に立ち去れ！　さもなくば斬るぞ！　……ええい、私の話を聞け！」

タウリンが忍びこめた理由がこれだった。

この馬鹿げたどんちゃん騒ぎなら、人一人侵入したってかまっていられない。なぜなら、見ようによっては城を攻め落とす勢いの暴動が起きているのだ。

怒鳴って剣を振り回す衛兵隊長に、すっと忍び寄る影があった。

「まあまあ、隊長さん。そんなに怒鳴っては喉を嗄らしてしまいますわ。せっかく立派な声なのですから、大事にしてあげませんと……」

シャーリーだった。衛兵の喉にハンカチを当てるのと同時に、豊満な胸を惜しげもなく彼の二の腕に押しつけている。

さすがシャーリー。荒くれ者の毒気を抜かせたら右に出る者はいないだろう。なにせかつては、あのシグルドさえも静めた胸の持ち主である。

そして、王城に来ているのはシャーリーだけではなかった。

「わ、わ。人が多い……助けて、お兄ちゃん」

小柄な少女が人混みにもみくちゃにされながら、巧みに衛兵へとしがみついている。さすがの大男も年端もいかないリゼットを怒鳴るわけにもいかず、「ここには入ってきちゃだめだよ」なんて小声で言っている。

「るふぅ……怖いるふ、怖いるふ！　お願いだから剣を収めてほしいるふよ！　ホノピーはこんなとこ来る予定じゃなかったるふ！　騙されたるふよ！　被害者るふ！　悪いのは全部あの変態店長るふ！」

ホノピーが滝のような涙を流しながら兵士たちにすがりついていた。

演技なのかそうでないのか、俺でさえ見分けられないくらいの号泣で、兵士たちも手をこまねいている様子である。

——まだまだ他にもいる。

サナは器用に衛兵同士を手のひらで転がし、自分を取りあいさせて喧嘩させ楽しんでいる。マルガレータはおろおろとうろたえながらも、ちゃっかりと顔のいい男ばかりを選んでぱふぱふしていた。トーラは俺が見ていることに気づくと、嬉しそうな顔で一度手を振ってから、男たちへと突進していく。その様子はまるで戦場に赴《おもむ》く兵士のようで、どこか鬼気迫るものがあった。

マジック・ドラゴンのぱふぱふ嬢以外にも大勢の女たちが集まっていた。

蒼墓楼の娼婦や、いつか俺がアドバイスをしてやった娼婦もいたが、他に全く見たこともない顔も無数にあった。

領主の城の中庭である。

庭師たちが丹念《たんねん》に育て上げた花も、美しい小鳥が止まり木にして朝を歌う苗木も、すべて男女に踏み荒らされている。どこかから持ってきて折られたらしいブレスコット領主の紋章入りの旗が、泥にまみれて誰に顧みられることもなく地を舐《な》めている。

踏み荒らされた庭、地に落ちた旗——その光景だけ見れば、まるで城が落ちたようにさえ見える。しかし、それでもそこには一切、悲惨なものがないのだ。

——もしも国が滅ぶ時。

城が焼け落ちるでもなく、王の首と引き換えにして侵略者に差し出されるでもなく、ただ踊り狂った民衆に王城が占拠されたのならば、きっとその滅亡は幸福だ。

肌もあらわな女たちが、白銀の鎧で完全武装した男たちを手玉に取っている光景を見ながら、俺はやはり夢でも見ているのではないかと思った。

「きっと町中の娼婦が来ていやすぜ。ここに入りきらなかった女たちも、城の周りで兵士たちを足止めしているはずでさあ」

「いったいどうやってこんな人数を集めたんだ？」

「この三日間で、ルーシアの姉さんとシグルドの大将が手を組んだんでさあ」

「はあ？　なんだその急展開？」

あの日——俺が捕まったあの夜、シグルドは俺を殺すと叫んでいた。

今までのように自分の権威を示すための暴力ではなく、そこには本気の殺意があった。

そのシグルドを――ルーシアが説得した？

「できるはずがない」

「お見込みの通り。エルフとドワーフみたいなお二人が、三日で和解なんてできるはずありやせんね。だからつまり、あのお二人は最初から繋がっていたってわけでさあ」

「なんだって？　最初からって――いつからだ？」

「どうでしょうねえ。詳しくは姉さんも言いやせんが、あの口ぶりだともしかしたら数年単位での密約があってもおかしくありやせんねえ」

「嘘だろ……」

ルーシアとシグルドのことを思い返す。いつも温厚なルーシア。自分が貧乏くじを引かされてもにこにこしているような彼女が、シグルドと顔をあわせた時だけは敵意をむき出しにしていた――今、思えば、あれは確かに不自然だった。

じゃあ、俺が自首した時にシグルドが最後はあっさりと引いたのも、二人でなにかやりとりがあったからなのだろうか。たとえば言葉ではなく、ハンドサインや視線で取り交わされる合図とかを事前に決めていたならば――

裏で繋がっていたからこそ、普段は仲の悪い演技をしていたっていうのか？

「でも騎士隊長と飽会の元締めが、どうしてそんな――」

「きっと発案者は姉さんのほうですね。巫女試験をあっさり放り出したお人ですから、騎士としての誇りなんか関係ねえんでしょうよ。シグルドと組んだほうがいいと思ったからそうした――本当にそれだけなんですよ。姉さんは、ご自分の正義だけを貫く人ですぜ」

タウリンは笑っているが、目だけは違った。まるで、恐れるように彼は続ける。

「大将、あれは手に負えねえ。誰にも縛れねえ獣でさあ。あっしはね、シグルドなんかよりもよっぽどあの姉さんのほうがおっかねえ」

その言葉が、本当に俺を案じているのだとわかった。肩を借りながら歩いているため、すぐ横にあるタウリンの顔に向かって苦笑する。

「いいんだよ。ルーシアは俺の女神なんだ。てめえ、手ぇ出すんじゃねえぞ」

「――ったく。大将は女のことばっかでさあね。命の恩人をもうちょっといたわれねえもんですかねえ」

「追加で金払ってやるよ。なんだったら、これがうまくいったらおまえかホノピーのどっちかの借金をチャラにしていい」

「おっ！　そりゃ気前が――って、せっかくなら二人ともってわけにはいきやせんかね？」

「こんだけどんちゃん騒ぎして、金もかかったろ？　さすがにそんな余裕は――」

――それは本当に、ただの偶然だった。

ふと目を上げた瞬間、隣の建物の階段を登っていく人影が見えたのだ。

城に侵入して騒いでいる者たちは庭で頑張っている。それを止めようとする衛兵側は、庭に向かうのが普通だ。

そのため現状で階段を登っていく必然性を持っている人間は、ひどく限られているはずだった。

「――タウリン。これから俺の言うことを聞けば二人とも自由にしてやるぞ」

「……大将？」

不穏なものを感じ取ったのか、タウリンはひどく不安そうな顔をする。

俺は歯を食いしばり、痛みを無視して足を踏み出す。

「犯人を見つけた。手を貸せ、タウリン」

◈×◈

剃《そ》り残した無精《ぶしょう》髭。薄汚れた隊服。ちりちりの髪の毛。

これで騎士隊の制服を着ていなかったら、どう見ても不審者だ。

マッド・ファボット――

今から思うと、ルーシアが最初にこいつを怪しいと言いだしたのだった。

騎士団の書庫の扉の前で、俺とタウリンは顔を見あわせた。この中に、先ほど見かけた男がいるはずだった。

誰かが雄叫《おたけ》びを上げて、それを叱りつける別の男の声が室内から聞こえてきた。

タウリンはドアを一気に開け放って部屋に入り込んだ。

マッド・ファボットは俺のことを覚えているようだった。驚きに大きく見開かれた目で、俺のことを凝視している。

彼はあまり俺と話がしたくない様子だった。腰に佩《は》いた剣を抜き放つと、こちらを威嚇《いかく》するように歯を見せる。

「――どうやって牢を……いや、それよりどうしてここに？」

「そこに娼婦殺しの証拠があるのか？」

俺の台詞は図星だったようだ。マッドはそうは言わなかったが、誰だって彼の表情を見ていれば、俺が正しかったのだとわかるだろう。

マッドは猫科の動物を思わせるしなやかな動きで腰を落とす。

俺はマッドを迎撃しようとするタウリンを手で制した。

マッドは馬鹿にするように言う。

「……どうした？　黙って俺に殺されるつもりか？」

「いいや、同じ目的を持っているじゃないか。俺たちは協力できる」

「同じ目的？　あんたも娼婦を殺したいってのか？」

「そうじゃない。くだらない演技はよせ。あんたは娼婦殺しの犯人じゃない。そうじゃなくって、この部屋には娼婦殺しの証拠を探しにやってきたんだ。そうだろ？」

「……どういうことですかい、大将？」

タウリンが不思議そうな顔で尋ねる。俺はマッドと睨みあったまま、それに答えた。

「マッドは証拠を探しに来たんだ。犯人だったら証拠を隠滅するほうが手っ取り早い。この混乱だ。火でもつければそれでおしまいさ」

「――どうかな。娼婦を殺すのはなんとも思わなくとも、大恩《だいおん》ある王城に火を放つなんてできないだけかもしれないぜ」

「あんたが犯人じゃない証拠はもう一つある。あんたの信じる神は恩神ラクサビスムだ」

俺はマッドの胸元にあるペンダントを見つめる。そこには、ルーシアの籠手に刻まれていたのと同じ紋様が彫ってある。ルーシアは実用性のために籠手に恩神の紋様を刻んでいたが、胸元のペンダントは信仰する神の紋様にするのが一般的なのだ。

「それは宗教差別じゃないか？　恩神ラクサビスムを崇める教徒は人殺しをしないって言いたいのか？」

マッドはどうしても俺に自分が犯人だと思わせたいらしい。だが、彼の言動の怪しさからタウリンも状況を把握した様子だった。

答える必要はなかったが、俺はマッドの質問に律儀に返答してやる。

「いいや、違う。ただ俺は、犯人はデガーン教徒だってことを言いたいだけだ」

「……なぜ、そう思う？」

「今回の娼婦殺しの動機だよ」

俺は両手を広げて解説を始めた。背中の痛みがいよいよ酷くなって、どこかに座りたくてたまらなかったが不思議と口を閉ざそうとは思わなかった。

怒りと悲しみと、そして複雑なパズルを解き明かした時の快感がないまぜになった不思議な興奮が俺を突き動かしている。

「被害者は、全員が一発ヤった後に殺されていた。店のない夜鷹《よたか》がほとんどだったから、最初は娼婦に金を支払うのを惜しんで殺したのかと疑ったが、どうもそうじゃないらしい。殺された中にはケツ持ちがついている娼婦もいたし、懐の金が取られていないことが多かったことがその説を否定している」

「……」

「じゃあ、犯人はどんな人物か？　ヤった後に殺すのが好きな変態か？　そうかもしれない。でも、もっと切実な理由があるように感じられる。犯人には一定のルールがある。どうしても娼婦を殺さなければならないような動機がある男だと仮定したら、全部がしっくりくる答えを見つけたんだ」

「……」

「犯人は、娼婦を殺す理由があった。なぜか？　そうしないと、次の娼婦を抱くことができないからさ。デガーン教徒は死が二人を別つまで浮気を禁止しているからな」

俺は死んだフローラのことを思いだす。

シグルドのお気に入りだったフローラ。彼女自身はデガーン教徒ではなかったから娼婦をして、何人も客を取っていた。だが、シグルドはデガーン教徒だった。だからシグルドは他の娼婦を抱かなかった。

リゼットは例外だ。ぱふぱふ屋は本番を禁止している。シグルドがリゼットの所に通ってもデガーン神の規則を破ったことにはならない。泣く子も黙る飽会の親玉でさえ、神の教えを守っている。由緒《ゆいしょ》正しい騎士ならば、尚更それを守ろうとするはずだ。

――つまり娼婦の命よりも、神の教えのほうがこいつにとっては重いのだ。

俺は犯人を睨みつける。

「やはり騎士様は真面目だな。こんな場面でも首飾りは外さない――それくらい熱心に神様を信じてるってことだ。そうだよな、カルロさんよ？」

俺の宣告を受けて、そいつは隠すように首飾りを握りしめた。だが今更遅い。俺は一度、それを見ている。箱の中の一組の男女。デガーン教徒の紋章だ。

やがて観念したように、カルロ・キューベルは静かに天を仰ぐのだった。

◈×◈

俺とタウリンが資料室に突入した時、そこにはマッドと言い争っているカルロの姿があった。マッドが資料を漁っているのを、カルロがとがめているように見えたためタウリンはマッドのほうが犯人だと誤解したようだったが、俺は逆だと気づいていた。

マッドは以前にも資料室に忍び込んでいた過去があるとルーシアから聞いていた。その理由は、カルロの犯行を他の騎士に悟られないようにするためだったのだろう。

マッドはルーシアに惚れていた。だから、ルーシアの兄が娼婦殺しの犯人であることを隠そうとしたのだ。兄が娼婦殺しだというスキャンダルが露呈すれば、ルーシア本人にも非難が向く。それを恐れたのだろう。

実に素晴らしい騎士道精神。くそったれ。マッドが余計なことをしなければ、ルーシアはもっと早くに真犯人に辿り着いていたはずだ。フローラも死なずに済んだだろう。

俺はマッドもカルロも許すつもりにはならなかった。

「タウリン。二対一だが、大丈夫か？」

犯行を見破られ追い詰められたカルロは既に剣を抜いている。マッドも仕方なくそれに加勢するつもりのようだった。

俺がタウリンから離れると、疾風の魔刃はにやりと笑いながら腰に手を当てる。

「大将、俺たちはぱふぱふ屋ですぜ。二つあってこそのおっぱいでさあ。一つだけじゃあ、手が片方余っちまうってもんですぜ」

「――よし、頼んだ」

俺のその言葉が、戦闘開始の合図だった。

カルロとマッドは左右に分かれ、じりじりとタウリンとの距離を詰める。

狭い室内で二対一――タウリンは強がってみせたが分が悪いのは明らかだった。

俺は負傷していが、たとえそうでなかっとしても戦闘ではお荷物だ。この場にいる全員がそれを承知している。それが俺の唯一の武器だった。カルロもマッドも俺には注意を払っていない。俺は壁を背にして、じりじりとそれに近づいていく。

最初に仕掛けたのはカルロだった。その呼吸を読んでマッドもほぼ同時にタウリンへと斬りかかる。

「――っ」

疾風の魔刃は名前負けしない。左右から斬りかかってきた二人分の斬撃を打ち払い、カルロの腹に蹴りを入れる。

「ぐっ」

「カルロっ！」

マッドが倒れたカルロを庇《かば》って前に出る。しかしそれはタウリンが予想していた通りの行動だった。マッドの破れかぶれな斬りかかりは、簡単にいなされてしまう。

体勢を崩したマッドに、タウリンが剣を振りかぶる。

「――ちっ」

しかし、カルロは死んだわけでも戦闘不能になったわけでもなかった。あらかじめ用意していたらしいナイフを低い体勢から投げる。タウリンはマッドへの攻撃を断念し、それを避けなければならなかった。カルロは毒でフローラを殺したのだ。ナイフがかすっただけでも致命傷になりかねない。

短い時間で、一進一退の攻防が繰り広げられている。

どちらが勝つか――それは俺にはどうでもいいことだ。俺は背中の痛みを堪えながら、その場所までようやくたどり着くことができた。

「――っ、おい！　待て、なにをする気だっ」

壁に掛かっている燭台《しょくだい》を手にした俺を見て、マッドが声を荒らげる。

だがもう遅い。俺は火のついた蠟燭を手にしていて、すぐ側には羊皮紙《ようひし》がぎっしり山積みされた棚がある。うむ、実によく燃えそうだ。

「やめろっ、貴様にはわかるまいが、それは我が騎士団の功績であり、今後の都市運営のために重要な資料で――」

「知るかよ、ばーか」

偉そうなマッドの言葉を遮って、俺は蠟燭を棚に投げ込む。格好つけた割には蠟燭は羊皮紙の表側——恐らく皮の部分で、燃えにくい構造になっているのだろう——に落ちてしまってすぐには火が燃え移らなかった。

だが、それがよかったのかもしれない。今ならまだ間にあうと判断したマッドは、タウリンのことなど忘れてこちらへ駆け寄ってくるのだった。

もの凄い形相《ぎょうそう》で突進してくるマッドに斬り殺されるかもしれないと身をすくめるが、そうはならなかった。マッドは俺なんかよりも蠟燭の火を消すことを優先した。

即興の作戦だったが、どうやらうまくいったらしい。

——ご丁寧に、マッドの馬鹿は俺にヒントを与えてくれていた。彼は俺にこう言っていたのだ。『大恩ある王城に火を放つなんてできない』と。

だからそこら辺の燃えやすそうなところに火をつけてやればマッドの注意がそれると思ったのだが、それは想像以上の効果を上げていた。

「大将、いい援護でしたぜ」

カルロと一対一になった疾風の魔刃は、その名に恥じぬ早業《はやわざ》で相手の意識を奪っていた。

俺が振り返るより先に、タウリンは片をつけていた。

相方が倒れたのを見て、ただ一人残ったマッドは、疲れたように長い息を吐いた。

「――こっちの負けだ。好きにしてくれ」

◈◈×◈◈

長い長い階段を下りて、ようやく中庭にたどり着くと、それまでの喧噪《けんそう》が嘘だったようにぴたりと静まりかえった。

さっきまでのどんちゃん騒ぎを見ていた俺は、人並みをかき分けて脱出しなければならないと覚悟していたのに、不思議とそんなことにはならなかった。

「みんな、大将を怖がってるんでさあ」

困惑する俺にタウリンが説明してくれる。

「自分から奴隷に落ちるなんて、普通は考えやせんからね。ましてやそれで拷問を受けるなんて、どんな馬鹿なんだって王都中の噂になってやしたぜ」

タウリンは気絶したカルロを背負っている。マッドは縛って資料室に転がしてきた。俺は拷問の傷があるからマッドを背負ってくるなんてとてもできない。それに、この場所には真犯人であるカルロだけがいれば十分のはずだった。

「龍太郎――」

懐かしい声に顔を向けると、そこには俺の女神がいる。

「……ルーシア」

多くの娼婦の命を奪った犯人を見つけるのが、彼女の目的だった。

俺はその手助けがしたいと思い、身分を証明する腕輪を自らの手で外し、奴隷に落ちた。

三日間の拷問を受けて、鞭の痛みと、こちらの尊厳を剝ぎ取るような侮蔑《ぶべつ》の言葉にさらされなければならなかった。

そんな代償を支払い、俺はやっと犯人を捕まえた。

もっと胸を張って彼女のところへ行きたかった。

「こんな俺だって、あんたの役に立てるんだぜ！」

そう自信満々に言い放って、彼女への借りを返したかった。

「――ルーシア」

だが、せっかく見つけた犯人は彼女の実の兄なのだ。

誇りある騎士隊長の兄が、娼婦殺しの犯人だったと知られれば、きっと彼女の立場は悪くなってしまう。マッドが自分が犯人だと疑われる危険を冒してまでも、カルロの犯行を隠そうとしたのも頷けない話ではないのだ。

だが、それでも俺は――

「――待ちな」

ルーシアの所へ行こうとする俺を呼び止めたのは、怨念と恨みが大気を震わせているような、低いうなり声だった。

「――そいつは――こっちに渡して――もらおうか――」

見物人が左右に分かれ、大剣を背負った鬼が姿を現す。

シグルドが、怒りに目を爛々《らんらん》と輝かせながらそこに立っていた。

「そいつが――フローラを――殺したんだな――」

愛妾《あいしょう》を殺された恨みが、この中庭すべての動きを止めてしまったようだった。

俺たちを咎めるべき兵士さえも、シグルドの殺気に呑まれて行動を封じられている。

「……おい、シグルドとルーシアは手を結んだんじゃなかったのか？　話は全部ついてるんじゃなかったか？」

「いや、こりゃあやべえ。シグルドの野郎、完全にぶち切れてまさあね。大将、今のあいつは言葉が通じると思わねえほうがいい。とっとと逃げやしょう」

こっそりとタウリンに耳打ちすると、苦いものを呑んだような顔で返される。タウリンの言う通り、シグルドは噴火直前の火山みたいになっている。

カルロを騎士団の手に渡さず、自分の手で復讐するつもりなのだ。

だが、俺はそれを許せる立場にない。

「……悪いが、シグルドさん。こいつは、騎士隊に引き渡すよ。それが約束なんだ」

今までの経験から言って、ここでシグルドはぶち切れると思っていた。きっと中庭に集まっている全員が同じことを想像したはずだ。

だが、意外にもシグルドの口から出てきたのは冷静な提案だった。

「――黙ってこっちに――渡せ――そのほうが――全員に利益が――ある」

「……なに？」

「その男を――俺に引き渡せば――いい。そうすれば――犯人は行方不明になる――騎士のメンツは保たれ――殺される娼婦もいなくなる――それで、解決だ――」

「……」

シグルドの提案を熟考する。騎士団は犯人を見つけられないで責められるかもしれないが、団長の兄が犯人だったという真実を公開するよりも絶対に批判は少ないはずだ。

そして、真犯人を逃がすわけではないからこれ以上の殺人も起きない。カルロは殺されるだろうが、どうせこのままルーシアに引き渡しても死刑なのだ。ルーシアの立場を考えれば、確かにシグルドの提案にはメリットしかないように思えた。

しかし――

「龍太郎」

透き通った声で我に返る。頭の中の霧《きり》が一気に晴れたような気分だった。

「……悪いな、シグルドさん」

「――馬鹿野郎が――」

神話の巨人が大地を震わすような迫力で、シグルドが俺を目指して歩き始める。

もしかしたら、俺やタウリンごとカルロを斬るつもりなのかもしれない。

拷問を受けている時よりも、死が身近に感じられる。死神なんて生易《なまやさ》しい存在じゃなく、破滅そのものという雰囲気でシグルドはこちらへと向かってくるのだ。

「シグルドさん」

もしかしたらこの場で一番小さな少女が、その巨人の前に身を投げ出していた。

鋭い目つきで見下ろしながら、シグルドは彼女の名を呼んだ。

「どけ——リゼット——」

「だめだよ、シグルドさん。そんなことしたら、フローラさんも悲しむよ」

「うるせえ——」

「シグルドさん」

リゼットが涙で顔を濡らしながら、シグルドに抱きついていた。

最初に出会った時のように、シグルドを恐れてのことではない。

リゼットはフローラの死を悲しんでいるのだ。

そして、フローラを失ったシグルドの気持ちを思いやって、涙を流している。

「私、一度だけフローラさんとお話ししたことあるよ。道で偶然会って、私がマジック・ドラゴンで働いているってことを話したら『素敵なお店ね』って褒めてくれたんだよ。シグルドさんのことを話しながら、お菓子をご馳走《ちそう》になったの――」

「……」

「お願い。店長を斬らないで。変な人だけど、あの人に任せたらみんな幸せになれるんだよ。私のことも、他のみんなのことも救ってくれたんだ。あの人は、私たち奴隷にとっての希望なの。だから、お願い――」

シグルドは足を止めていた。

いつの間にかリゼットだけでなく、トーラやシャーリー、そしてマジック・ドラゴンのぱふぱふ嬢以外の娼婦たちも、俺とシグルドの間に立ち塞がってくれていた。

「……ちっ」

娼婦たちの壁を前に立ち尽くしたシグルドは、黙ってリゼットの頭に手を置いた。

俺はそれを見てから、ルーシアへと向き直った。

「ルーシア」

タウリンを伴って彼女の許へと俺は歩いた。

ほんの数メートルの距離を、ずいぶんと苦労して進む。

なぜかルーシアはその場所に立ち止まったまま、俺のことを待っていた。

「龍太郎」

息を切らせながらそこにたどり着くと、ルーシアはカルロを背負ったタウリンではなく、俺へと手を伸ばす。

そして、俺の手を握りしめると、自分の頬のところへと持っていく。

「返り血で全身を汚した勇者や、敵に傷つけられて赤く染まった兵士たちを、これまで何人も見てきました」

少しうつむき加減のルーシアの前髪が、落ちかかってくる。

さらさらした感触が、彼女に握られたままの俺の手の甲をくすぐった。

「あなたはかつて病気のベルの喀血でその身を汚し、ついには自らの血も流しました」

ルーシアとこれまでにないほどの距離で見つめあう。

彼女は争いとはほど遠い表情で、清らかに微笑んでいた。

「――これまで見てきたどの血よりも、あなたの血は尊く、私には美しく見えます」

それからルーシアは俺の手の甲に頬ずりして、そっとタウリンに向き直った。

背に負われたカルロを見る彼女の目つきは、俺を見ていた時とはまるで別人のようで、なんの表情もうかがえない。

そしてルーシアは、俺の手を握りしめながら声高《こわだか》に宣言するのだった。

「娼婦殺しの下手人――カルロ・キューベルはここに捕らえました。これによりブレスコットの平和は守られ、正義もまた滞りなく執行されるでしょう」

その言葉に、最初は誰もが戸惑っている様子だった。

事情を知らされていなかった城の兵士や、娼婦たちなど、この場に集まっているほとんどの人間が、この大騒ぎは俺を脱獄させるためのものだと思っており、娼婦殺しの真犯人を捕らえるためのものだとは理解していなかった。

その理解が追いついた頃を見計らって、ルーシアはこう締めくくった。

「私は兄の罪の責任を負い、緑祭騎士団守備隊長の職を辞することを宣言します。兄への裁きは、後日下されるでしょう。しかし、もしも慈悲深い領主からの恩赦——あるいは、その他のいかなる理由により兄が死罪を免《まぬが》れるとしても——その時は私が直接手を下し、兄を冥界《めいかい》へと送り届けることをここに約束します」

ざわめきはやまない。むしろ加速するように大きくなる。

その大部分は犯人であるカルロへ対してのものだったが、中にはルーシアを非難する声も当然あった。

それらの声を真っ向から受けて、ルーシアは涼しい顔のままその場に直立している。

俺はそんな彼女を、いつまでも見ていたいと願っていた。

終　章◈戦えない龍と、とても強い女騎士のお話

季節雲というらしい。

西の空に真っ黒な入道雲《にゅうどうぐも》がもう三日も居座り続けている。たまにバチバチと雷が光っているが、俺たちの地上に雨を降らすでもなく、ただ遠くの空で荒れ狂っている巨大な雲。

俺はマジック・ドラゴンの看板を取り外しながら、その季節雲を横目に眺めていた。

「さて、できた」

脚立《きゃたつ》を下りて、俺はつけ替えた看板を眺める。つい数ヶ月前までと同じように、大きなフォークとナイフのイラストの隣に【猫の爪痕亭】と書かれている。俺がこの世界に来て、最初に覚えた文字だ。

「お疲れ様でございやした、大将」

タウリンの声に振り返ると、そこには従業員が勢揃いしている。

今日は特別な日だ。ついに猫の爪痕亭の借金と、シャーリーたち全員分の身請け代を稼ぎきったのだ。そして、俺は親父さんと交わした約束の通り、店を返すことにした。

いつも薄暗い室内にばかりいたシャーリーたちが、こうして日の光の下にいるのは珍しい光景だ。この光景がなにかの象徴であるかのように思えて、俺は少し笑った。

「もう、おまえの大将でもなくなるな。ホノピーをきちんと送ってやれよ」

「そりゃあ、もちろんでさあ。言われるまでもねえですぜ」

タウリンとホノピーの借金は、例のお祭り騒ぎの時の約束でとっくにチャラにしてやっていた。俺はタウリンにホノピーを故郷まで送ってやるように言いつけたのだが、意外なことにホノピーがそれを断ったのだ。

『みんなが頑張ってるなか、一人だけ抜けることはできないるふ。せっかくだからキリのいいところまで、このケチな店で働いてやるふ！』

そう言ってホノピーは仕事を続けたのだ。おかげで、あのお祭り騒ぎから一月《ひとつき》ほどが経ち、俺の背中の傷もすっかりよくなった頃に、こうして円満退職となったわけだ。

「じゃあな、ホノピー。変な名前の兄さんによろしく」

「お兄ちゃんのことは言うなって何度も言ってるふ！」

ホノピーはいつも通りに怒鳴ったが、すぐにしゅんとなってしまう。

「ん？　腹でもくだしたか？　拾い食いはするなってあれほど言っただろう？」

「違うるふ！　誰が、いつ拾い食いなんてしたるふ！　お兄ちゃんの名前でからかうならまだしも、ホノピーに対するいわれない中傷はやめてほしいるふ！」

お兄ちゃんの名前よりも保身が優先なのか。実にホノピーらしい。

「……まったく、最後までこんな感じるふ……」

「いいじゃないか。湿っぽいのは苦手だ」

「——そうるふね。それじゃ、世話になったるふ」

苦笑しながらも、ホノピーはこれまでふざけあっていたのが嘘のように頭を下げて、それから彼女の元同僚と向きあった。

「ホノピーちゃん、元気でね」

「……一番の新入りが先に抜けてしまって、ごめんるふ」

「そんなこと気にしなくていいのよ。家族の人と、タウリンさんと仲よくね」

「——っ……、みんなも、きっともうすぐ自由になれるふ。頑張るふ」

ホノピーはシャーリーたちと順番にハグしながら、涙でべしょべしょになった顔を隠そうともしなかった。

そんな感動的な場面の最中、タウリンがこっそりと耳打ちをしてきた。

「お嬢を家まで送り届けたら、また帰ってきやす。そしたらまた雇ってくださいやし」

「おいおい、こっちは嬉しいが、いいのか？　ホノピーが泣くぞ？」

「へへっ。まあ、仕方ねえ。お嬢には家族がありまさあ。すぐにあっしのことなんざ、忘れてくれるでしょうよ」

悪戯《いたずら》っぽい笑みを残して、タウリンは去っていった。何度もこっちを振り返って手を振るホノピーと歩調をあわせるのは大変そうだったが、タウリンは決して彼女の側を離れようとはしなかった。

「……よし、じゃあ俺たちも行くか」

タウリンたちを見送り終わると、今度は俺たちの番だった。

「それじゃ、親父さん、今までありがとうございました」

「おう」

相変わらず無口な男だ。客商売にはとことん向いてない。だが、食わせてくれる料理は最高だ。無一文だった俺に出してくれた森亀肉の味は、きっと一生忘れないだろう。

そして俺は最後にミミに向き直る。

「……そろそろ行くよ、ミミ」

「うん――」

俺が呼びかけると、ミミはうつむいていた顔を上げ、静かに抱きついてきた。

「今までありがとう、龍太郎」

「いや、礼を言うのはこっちだよ。あの時、ミミが助けてくれなかったら、俺は飢《う》え死にしてたはずだ」

「それでも、うちのために働いてくれて、奴隷にまでなっちゃって――」

抱きついた姿勢のままミミは俺の手首に目をやる。そこには滞在領民の身分を示す赤い腕輪の代わりに、管理奴隷であることを示す白色の腕輪がはまっている。

娼婦殺しの容疑が外れ無罪放免となった俺だが、身分は奴隷に落ちたままなのだ。

一応、書類上は俺の所有者は領主になっている。ルーシアの口添えで自由を得ているが、領主に対して一定額を支払わなければ俺は再び滞在査証を得ることはできない。

だから、もう少しだけ俺はぱふぱふ屋を続けなければならないのだった。

「本当に気にするな、ミミ。だって俺たちは家族なんだぜ、そうだろ？」

「……うん」

ミミは静かにうなずいた。俺は彼女の小さな頭をそっと撫でる。

「これから客をどんどん猫の爪痕亭に送りこんでやる。きっとすぐ繁盛するからな」

「わかった。信じてる」

「そうさ。左右のおっぱいが決して別々の場所に行ったりしないように、俺たちの店はずっと一緒だ。人という漢字は、支えあうおっぱいの谷間を表している」

「龍太郎って、照れるとおっぱいの話に逃げるよね。それと漢字ってなに？」

呆れ顔のミミに見送られながら、俺たちは古巣《ふるす》を後にした。

目指すは新生マジック・ドラゴン。俺たちの新しい戦場だ。

借家《しゃくや》だが、繁華街にほど近い、それなりの場所を借りたつもりだった。難点は客の待ち時間に酒を飲ませるようなスペースがないことだったが、それは今まで通り猫の爪痕亭に任せるつもりだった。ぱふぱふを待つ客をまずは猫の爪痕亭に案内し、時間になると俺が迎えに行くシステムだ。

二つの店は近いから、お互いの店を行き来しやすい——はずだったのだが。

「結構、歩くね」

困ったようにリゼットが言う。

地図を見て、実際に現地視察もしてから店を借りたつもりだったが、なんだかおかしい。こんな回り道をすることなくたどり着けたはずだったのだが——

「店長、もしかして視察は夜になされたのではないですか？　昼間はバザールが開かれますから、猫の爪痕亭からでは一直線に来られませんよ」

「あ」

シャーリーの言葉に、疑問が一気に氷解した。俺はまんまといっぱい食わされたのだ。

「なるほど——あのくそデブ……」

宿貸しの親父に毒づくがもう遅い。俺が間抜けだっただけの話だ。

「どうするの？　お客さん、私たちが迎えに行くことにする？」

リゼットの提案は一理ある。当初のプランでは猫の爪痕亭と新店マジック・ドラゴンが目と鼻の先にあることが前提だった。それなら客もストレスなく二店舗を移動できる。

これでは文字通り客足が遠のいてしまい、クレームの増加も想像に難くない。

シャーリーたちに迎えに行かせて、移動時間もサービスしながらという話なら、クレームも抑えられるはずだ。しかし、それには問題がある。

「ダメだ。君たちの安全が確保できない。俺たちの手が届かないところで客と二人きりになるなんて、絶対に許可できない」

「……でも、じゃあどうするの？」

いっそバザールのない夜だけの営業にしようか。だが、ぱふぱふ屋が昼から営業していることは、娼館に勝るメリットだと客に認識されている。冒険に出かける前に一発ぱふっていくのが恒例になっている常連客たちを悲しませてしまうことになる。

「——仕方ない。彼女には店の護衛を任せようと思ったが、送迎係になってもらおう」

「え、彼女って？」

「言ってなかったか？　タウリンの代わりに新しい護衛を雇った。凄腕だぞ」

リゼットが素っ頓狂な声をあげるので、俺は必死に笑いをかみ殺す。

そうだ。ここから先が問題だ。絶対に阿鼻叫喚《あびきょうかん》の大騒ぎになる。

前回の事件で、シャーリーたちは彼女のことを鬼かなにかみたいに噂するようになった。彼女が同じ職場で働くことになると知ったら、びびりまくるに違いない。

「新しい護衛の人？　彼女って、女の人なの？」

サナが好奇心も露わに尋ねる。が、俺が答えるより先に目的地に到着してしまった。

「お、やっと到着したぞ」

俺は新しい店を指し示す。店先には、真面目な顔で掃《は》き掃除をする彼女の姿があった。

「え、まさか――」

「……嘘でしょ?」

そのまさかだ。

彼女は今回の事件のせいで騎士団を辞任した。

事件解決の功績と、領民からの人気も背中を押して領主は彼女を在任させようとしたらしいが、彼女自身がけじめをつけることを望んだのだ。

カルロは処刑され、彼女自身も騎士団を辞めた。普通ならキューベル家も取り潰されるようなスキャンダルだったが、そこは恩赦がおり、彼女もそれを受け入れた。

だが、あまりに有名な彼女は一介の冒険者になることもできない。巫女に戻るという道も、俺がこの世界に来たせいで閉ざされてしまっていた。

だから、恩返しというつもりはないが、俺は彼女に護衛の仕事を依頼したのだ。

無職になったことを恥じていた彼女は、快くそれを受け入れてくれた。

「店長――絶対に騙したんでしょ」

「馬鹿言え、本当にルーシアから俺のこと手伝いたいって言ってきたんだ。誓って、俺は嘘をついてない」

恩人にそんなことするわけない。

しかし、リゼットは実に疑わしそうに俺のことを見ているし、トーラは震えてシャーリーに抱きついている。身内を容赦なく断頭台にあげるルーシアの精神性が、優しくて仲間思いのトーラには理解できないのだ。

「龍太郎」

ルーシアが俺を呼んだ。笑顔でこちらを出迎えてくれる彼女に返事をしようとすると、不意に彼女の視線が空へと上がった。

つられて俺も上を見ると、巨大な季節雲が雷を光らせている。

そして、二匹のドラゴンがそれを目がけて飛びながら喧嘩しているところだった。

「竜はめったに諍《いさか》いを起こしませんが、季節雲へ向かって飛ぶ時だけは喧嘩するのです。彼らのなかでは、どちらが早く季節雲にたどり着けるかが、なによりも重要なことらしいのです」

ルーシアの優しい声で解説を聞くと、この世界に初めて来た時のことを思い出す。

まだまだこちらの世界は知らないことがたくさんある。

竜の不思議なこだわりも、俺なんかのために巫女も騎士も辞めてしまったルーシアの心境も、どちらも俺にはわからない。

剣と魔法と性病の世界。この世界は、まだまだ不思議で溢れている。

それでも、俺はこの世界で生きていこうと思う。
ルーシアが側にいてくれるなら、恐れるものなどなにもありはしないのだ。

あとがき

はじめまして、羊山十一郎《ひつじやまじゅういちろう》です。

「無人島に一つだけ持っていくなら、なにがいい？」

突然ですが、右のような質問を耳にしたことはありませんか？

異世界転生（転移）というジャンルが一大ブームを築いた理由の一つは、この魅力的な質問に対して全力で回答しているためであるように思われます。

本書の場合、主人公が異世界に持ち込むのは武力でも知識でもユニークスキルでもなく、信念です。『すべてのおっぱいを肯定する』という信念だけで、ハードな異世界を生き抜く男の物語――それが『ＰＵＦＦ』という小説なのです。

僕が本書において試みたのは、大作家・石川淳《いしかわじゅん》先生がデビュー作『佳人《かじん》』にて創作について語る一文、「わたしの努力はこの醜悪を奇異にまで高めるものだ」の実践です。

つまり、おっぱいが好きだという、ごく当たり前で醜悪な欲求を所持している龍太郎を「え、こいつヤバくね？」と読者に思わせることが本書の目的の一つなのです。

そのために本書には様々な工夫があります。その一つが「極力、龍太郎におっぱいの食レポをさせない」というものです。

龍太郎はすべてのおっぱいを等価値と考えているので、「弾力のある胸が〜」とか「手に吸い付くような肌が〜」とか「見ただけで柔らかさが伝わってくる肌色トランポリン」とか、そんな文章はなるべく排除してあります（ただ彼は客引きのプロなので、客に対する口上や、店の商品である嬢への評価などの際はこの信念を曲げています）。

ほぼ同様の理由で、登場人物の外見描写も最小限となっています。ですが、イラストを担当してくださったｍｏｇｇ先生は、そのごく僅かな文章からキャラクターをデザインし、彼らに血肉を与え、その体温と息づかいを事細かに表現してくださいました。

本書に収録されたイラスト以外にも、星海社ホームページ『最前線』等において素敵なラフ画が公開されていますので、ぜひご覧ください。ｍｏｇｇ先生、なんと言って感謝すればいいかわかりませんが……本当にありがとうございます。

また本作を制作するにあたって多大なる努力をしてくださった担当編集・石川詩悠様をはじめとする星海社の皆様、ありがとうございます。

そしてなによりも、本作を手に取ってくださった読者の皆様に、心からの感謝を申し上げます。どうか今夜、あなたの指先におっぱいの恵みがあらんことを。

羊山十一郎

本書は星海社ＦＩＣＴＩＯＮＳ新人賞受賞作品『ＰＵＦＦ——世界最古の職業を異世界で——』を改題し、加筆・訂正のうえ出版したものです。

Illustration　mogg
Book Design　KOMEWORKS
Font Direction　紺野慎一

使用書体
本文————A-OTF秀英明朝Pr5 L＋游ゴシック体Std M〈ルビ〉
柱————A-OTF秀英明朝Pr5 L
ノンブル————ITC New Baskerville Std Roman

星海社
FICTIONS
ヒ3-01

PUFF《ぱふ》 パイは異世界《いせかい》を救《すく》う

2018年10月15日　第1刷発行　　定価はカバーに表示してあります

著　者 ―――― 羊山十一郎《ひつじやまじゅういちろう》

発行者 ―――― 藤崎隆《ふじさきたかし》・太田克史《おおたかつし》
編集担当 ―――― 石川詩悠《いしかわしゅう》

発行所 ―――― 株式会社星海社
〒112-0013 東京都文京区音羽 1-17-14 音羽 YK ビル 4F
TEL 03(6902)1730　FAX 03(6902)1731
http://www.seikaisha.co.jp/

発売元 ―――― 株式会社講談社
〒112-8001 東京都文京区音羽2-12-21
販売 03(5395)5817　業務 03(5395)3615

印刷所 ―――― 凸版印刷株式会社
製本所 ―――― 加藤製本株式会社

ISBN978-4-06-513425-2　N.D.C913 316P.　19cm　Printed in Japan

SEIKAISHA

星々の輝きのように、才能の輝きは人の心を明るく満たす。

その才能の輝きを、より鮮烈にあなたに届けていくために全力を尽くすことをお互いに誓い合い、杉原幹之助、太田克史の両名は今ここに星海社を設立します。

出版業の原点である営業一人、編集一人のタッグからスタートする僕たちの出版人としてのDNAの源流は、星海社の母体であり、創業百一年目を迎える日本最大の出版社、講談社にあります。僕たちはその講談社百一年の歴史を承け継ぎつつ、しかし全くの真っさらな第一歩から、まだ誰も見たことのない景色を見るために走り始めたいと思います。講談社の社是である「おもしろくて、ためになる」出版を踏まえた上で、「人生のカーブを切らせる」出版。それが僕たち星海社の理想とする出版です。

二十一世紀を迎えて十年が経過した今もなお、講談社の中興の祖・野間省一がかつて「二十一世紀の到来を目睫に望みながら」指摘した「人類史上かつて例を見ない巨大な転換期」は、さらに激しさを増しつつあります。

僕たちは、だからこそ、その「人類史上かつて例を見ない巨大な転換期」を畏れるだけではなく、楽しんでいきたいと願っています。未来の明るさを信じる側の人間にとって、「巨大な転換期」でない時代の存在などありえません。新しいテクノロジーの到来がもたらす時代の変革は、結果的には、僕たちに常に新しい文化を与え続けてきたことを、僕たちは決して忘れてはいけない。星海社から放たれる才能は、紙のみならず、それら新しいテクノロジーの力を得ることによって、かつてあった古い「出版」の垣根を越えて、あなたの「人生のカーブを切らせる」ために新しく飛翔する。僕たちは古い文化の重力と闘い、新しい星とともに未来の文化を立ち上げ続ける。僕たちは新しい才能が放つ新しい輝きを信じ、それら才能という名の星々が無限に広がり輝く星の海で遊び、楽しみ、闘う最前線に、あなたとともに立ち続けたい。

星海社が星の海に掲げる旗を、力の限りあなたとともに振る未来を心から願い、僕たちはたった今、「第一歩」を踏み出します。

二〇一〇年七月七日

星海社　代表取締役社長　杉原幹之助
代表取締役副社長　太田克史